Fernán Caballero, August Geyder

Fernan Caballeros sämtliche Werke

Sechster Teil: die Familie Alvareda

Fernán Caballero, August Geyder

Fernan Caballeros sämtliche Werke
Sechster Teil: die Familie Alvareda

ISBN/EAN: 9783743481664

Hergestellt in Europa, USA, Kanada, Australien, Japan

Cover: Foto ©Andreas Hilbeck / pixelio.de

Fernán Caballero, August Geyder

Fernan Caballeros sämtliche Werke

Fernan Caballero's

sämmtliche Werke.

———— .

Sechster Theil.

Fernan Caballero's
sämmtliche Werke.

Aus dem Spanischen übersetzt

von

August Geyder.

Sechster Theil: Die Familie Alvareda.

Breslau:
Josef Max und Komp.
1860.

Die Familie Alvareda.

Bilder aus dem Volksleben.

Original=Novelle

von

Fernan Caballero.

Aus dem Spanischen übersetzt

von

August Geyder.

Breslau:
Josef Max und Komp.
1860.

Ein Wort an den Leser.

Der Inhalt dieser Erzählung, die, wie der Titel besagt, ausschließlich volksthümliches Leben schildern soll, beruht auf einer wahren Thatsache. Wir haben dieselbe getreulich berichtet und sogar die Redeweise der handelnden Personen beibehalten, mußten jedoch hin und wieder einen allzu rohen Ausdruck mildern. Die Zeit, in welcher das Ereigniß statthatte, haben wir zurückverlegt und seinem Anfang und Ende etwas hinzugefügt.

Wir wissen recht gut, daß wir den dargebotenen Stoff in anderer Weise hätten ausbeuten, mit klassischem Schwung, mit reicher, romantischer Färbung oder mit romanhaftem Gepränge hätten ausstatten können; allein das Haschen nach Effekten liegt uns fern, wir wollen die Eigenthümlichkeiten des Volks so wie sie sind schildern und haben uns daher auch nicht in den kleinsten Zügen von der Natur und von der Wahrheit entfernt. Die Sprache, die Ideen, die Gefühle und Gebräuche sind die des andalusischen Landvolks.

Da wir uns viele Jahre ausdauernd und mit Liebe
dem Studium dieser Gegenstände zugewandt haben, so
können wir mit gutem Bewußtsein die Versicherung ge=
ben, daß Niemand eine genauere Kenntniß derselben be=
sitzt, als wir.*)

---

*) Zur leichteren Uebersicht der verwandtschaftlichen Verhält=
nisse der vorkommenden Personen mögen die folgenden Stamm=
tafeln dienen; die verstorbenen sind mit einem † bezeichnet.

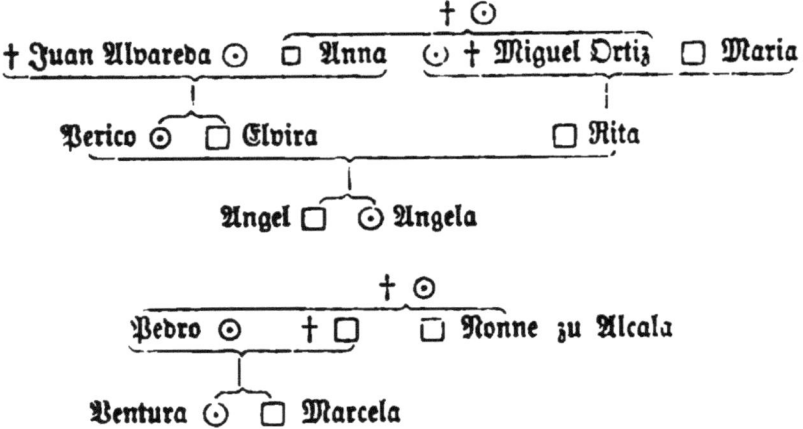

Die Familie Alvareda.

Erster Theil.

Erstes Kapitel.

Sevilla ist von alten Mauern wie mit einem Gürtel
umschlossen; verfolgt man dieselben und läßt man den
Fluß und die Delicias zur Rechten liegen, so gelangt
man zu dem Thor von San Fernando.

Eine Straße geht von diesem Thor in gerader Rich=
tung über ebenes Land bis zum Fuß eines Hügels,
Buena=Vista genannt, nachdem sie auf steinerner Brücke
über das Flüßchen Tagarete geführt hat, und steigt dann
den ziemlich steilen Abhang des Hügels hinan, auf des=
sen Gipfel sich die Trümmer einer Kapelle befinden.

Betrachtet man den Weg aus der Vogelschau, so
erscheint er wie ein Arm, den Sevilla ausstreckt, um auf

jene Trümmer aufmerksam zu machen. Sie sind aller=
dings unbedeutend und besitzen durchaus keinen künstle=
rischen Werth, aber es knüpfen sich religiöse und geschicht=
liche Erinnerungen an dieselben: sie sind eine Hinterlaf=
senschaft des großen Königs Ferdinand III., dessen
Andenken so volksthümlich ist; denn man bewundert ihn
als Helden, man verehrt ihn als Heiligen, man liebt
ihn als König, so daß diese große geschichtliche Gestalt
das Ideal des spanischen Volkes darstellt.

Nachdem die Straße die Höhe erstiegen hat, geht sie
auf der entgegengesetzten Seite hinab und gelangt zu
einem kleinen Thal, welches von einem Bach durchschnit=
ten wird. Dieser hat sein Bett so sauber gewaschen, daß
es nur aus glänzenden Kieseln und goldgelbem Sande
besteht. Die Straße durchwatet den Bach und nun
lacht ihr rechts ein freundliches, gastliches Wirthshaus
entgegen, während sie links von einer maurischen Burg
begrüßt wird, die stolz auf einer Höhe ruht; man könnte
glauben, der Boden hätte sich erhoben, um ihr als
Piedestal dienen zu können.

Diese Burg gab Don Pedro von Castilien seiner
schönen und berühmten Geliebten Donna Maria von
Padilla, und noch heut führt das Schloß deren Namen.

Das Landgut und die Burg von Donna Maria
gelangten im Laufe der Zeit, ohne Zweifel durch eine
fromme Schenkung, an die Kathedrale zu Sevilla, deren

Kapitel in unsern Tagen beides an einen Privatmann verkauft hat. Dieser bezahlte nun zwar die fetten Weiden und die prächtigen Olivengärten von Donna Maria, aber die Erinnerungen, die sich an die Oertlichkeit knüpften, kamen nicht mit in Rechnung. Die alte, runzelige und verblühte Donna Maria wurde bald darauf mit weißestem Kalkanstrich, mit grünen Jalousien und schimmernden Fenstern versehen, so daß sie wie ein zierlich geputztes, eitles Mädchen erschien und unter dem entzückten Landvolk der Nachbarschaft die Rede ging: die schöne Sünderin, die ihrem Don Pedro nicht angetraut gewesen, habe ihr ärgerliches Leben durch fünfhundertjährigen Aufenthalt im Fegefeuer gebüßt und sei zu Gnaden aufgenommen worden. Diejenigen, welche alte Erinnerungen liebend bewahren und das schöne, feierliche Gewand des Alterthums gern haben, jammerten und klagten, als wäre ein Grab entweiht worden.

Wir verfolgen die Straße weiter zwischen Zwergpalmen und Steineichen einer Weidetrift und gelangen zu der Ortschaft Dos-Hermanas*) in einer sandigen Ebene, zwei Meilen von Sevilla.

Wollte man diesen Ort, der als sehr häßlich bekannt ist, als malerisch und reizend darstellen, so müßte man allerdings Lug und Trug der Einbildungskraft zu

---

*) Die zwei Schwestern.

Hülfe nehmen, allein der, welcher ihn hier beschreibt, malt bloß nach dem Leben.

Man erblickt weder einen Fluß, noch einen See, noch schattige Bäume, ebensowenig zierliche Landhäuser mit grünen Jalousien, mit Schlingpflanzen bedeckte Balkone, königliche Pfauen und Guineahühner, die auf grünem Rasen umherpicken; keine gerablinigten Alleen, deren Bäume gleich Sklaven Sonnenschirme halten, um den Vorübergehenden fortwährend Schatten zu spenden. Dies Alles fehlt, und wir müssen zu unserem Leidwesen eingestehen, daß dort Alles bäurisch, plump und ohne Eleganz ist. Dafür begegnet Ihr aber gutmüthigen, heitern Gesichtern, die Euch beweisen, daß alle jene Mängel das Glück nicht entbehren lassen. In den Höfen der Hütten werdet Ihr überdies Blumen finden und an den Thüren kräftige, muntere Kinder, deren Zahl noch größer ist, wie die der Blumen; Ihr werdet dort den süßen, ländlichen Frieden, wie ihn Stille und Einsamkeit bilden, eine Luft, wie sie dem Eden entströmt, und einen paradiesischen Himmel antreffen.

Den Ort bilden einige breite Straßen, deren einstöckige Häuser ermüdende, gerade, wenn auch nicht parallele Linien bilden; diese Straßen münden auf einen großen, sandigen Platz, der sich wie ein gelber Teppich vor einer schönen Kirche ausbreitet; der hohe, mit einem

Kreuz geschmückte Thurm gleicht einem Krieger, der die
Fahne trägt.

Hinter der Kirche beginnt die Oase dieses unfrucht=
baren Landstrichs. In der Mauer daselbst befindet sich
eine Pforte, durch welche man in einen ungeheuren, vor
der Kapelle der heil. Anna belegenen Hof gelangt; diese
Heilige ist die Schutzpatronin des Ortes. An die Ka=
pelle schließt sich die kleine, bescheidene Wohnung des
Hüters derselben an, der zugleich Kantor und Küster der
Kirche ist. In dem Hofe erblickt Ihr düstere, wie in
sich selbst versunkene hundertjährige Cypressen, den hei=
tern, fruchtbaren Paradiesbaum*), dessen Holz so leicht
ist, der so rasch wächst und Laub, Blumen und Duft
dem Winde ohne allen Geiz überläßt, da er weiß, daß
sein Leben keine Dauer hat; den Orangenbaum, diesen
großen Herrn, der Liebling des andalusischen Bodens,
dem ein so angenehmes und langes Leben zu Theil wird.
Ihr erblickt einen Weinstock, der wie das Kind des Bei=
standes des Menschen bedarf, um gedeihen und wachsen
zu können, und der seine breiten Blätter ausstreckt, als
wollte er das ihn stützende Geländer liebkosen; denn es
ist unleugbar, daß auch die Gewächse einen verschieden=
artigen Charakter haben, nach welchem sich ihr Eindruck
verschiedenartig gestaltet. Kann man wohl eine Cypresse

---

*) Elaeagnus angustifolia, schmalblätteriger Oleaster.

ohne Ehrerbietung, einen Paradiesbaum ohne Zärtlich=
keit, einen Orangenbaum ohne Bewunderung betrachten?
Denkt man nicht beim Anblick des Lavendels an ein rei=
nes, friedfertiges Gewissen? Der Rosmarin, der zu Weih=
nachten seine Düfte spendet, erweckt er nicht die guten,
heiligen Gedanken, die diesem Fest seine Weihe geben?

Zur Rechten und Linken der Ortschaft erstrecken sich
jene unendlichen Olivengärten, die einen der Hauptzweige
des Landbaues in Andalusien ausmachen. Diese Bäume
werden in einer gewissen Entfernung von einander ge=
pflanzt; dadurch erhalten dergleichen Wälder einen heite=
ren Charakter; da jedoch der Boden eben und von allem
Strauchwerk frei sein muß, um mit dem Pfluge überall
hin gelangen zu können, so fehlt es diesen Gärten nicht
an einer ermüdenden Einförmigkeit. Von Strecke zu
Strecke gelangt man zu dem Gehöft des Landgutes, zu
welchem die Gärten gehören. Die Gebäude sind ohne
Geschmack und ohne Symmetrie aufgeführt, so daß man,
wie man sich auch drehen und wenden mag, keine Façade
ausfindig machen kann. Diese gewaltigen Bauwerke
oder Fabriken machen durchaus keinen großartigen Ein=
druck, etwa die Thürme der Mühlen ausgenommen, die
über die Olivenbäume hervorragen, als sollten diese von
ihnen gezählt werden. Die Güter gehören fast sämmt=
lich der Aristokratie von Sevilla; da jedoch die Sennora's
das Landleben nicht lieben, so sind auch die Gehöfte ver=

laſſen und leer, wie die Getreidespeicher. Daher kommt
es denn, daß in dieſen einſamen Gegenden das Schwei=
gen nur durch das Krähen eines Hahns unterbrochen
wird, der aufmerkſam ſein Serail bewacht, oder durch
das Geschrei eines alten Eſels, den der Aufſeher antreibt
und der ſeinen Verdruß über ſein Einſiedlerleben äußert.

Trotzdem hätte man an einem Spätnachmittage im
Januar des Jahres 1810 die wohlklingende, friſche
Stimme eines zwanzigjährigen Burſchen vernehmen kön=
nen, der mit der Flinte auf der Schulter feſten und
leichten Schrittes auf einem der Pfade durch die Oliven=
gärten dahinging. Er war hochgewachſen; der Gürtel
zeigte deutlich die ſchlanken Formen des Körpers; ſeine
ganze Erſcheinung, ſein Gang, Alles verrieth die An=
muth und Eleganz, die die Kunſt hervorzubringen ſich
bemüht und die die Natur mit ſo vollen Händen den
Andaluſiern ſpendet. Stolz emporgerichtet trug er das
ſchwarzumlockte Haupt, ein Muſter echt ſpaniſcher Schön=
heit. Lebhaft waren die großen ſchwarzen Augen, der
feſte Blick bekundete Verſtand; die wohlgeſtaltete Ober=
lippe hob ſich, als lächelte ſie ob eines neckiſchen Strei=
ches, und zeigte, wie prächtig weiße Zähne ſie zu ver=
bergen hatte. Man ſah es dem herrlichen Burſchen an,
welche Fülle von Leben, Kraft und Energie in ihm
wohnte. Das weiße Hemd wurde am braunen Halſe
mit einem ſilbernen Knopf zuſammengehalten. Er trug

eine kurze Jacke von braunem Tuch, kurze Beinkleider von demselben Stoff, an den Knieen mit seidenen Bändern und Trobbeln befestigt, eine Schärpe von gelber Seide war mehrmals um die schlanke Taille gewunden. Rindslederne Schuhe und Gamaschen, fein gesteppt, bekleideten seine wohlgeformten Füße und Beine; ein weitkrempiger Hut, Calannés oder Portugués genannt, mit Sammt eingefaßt und mit seidenen Quaßen verziert, der sich keck nach der linken Seite neigte, vollendete den eleganten andalusischen Anzug.

Dieser Jüngling, als ein rüstiger Bursch und wegen seines kühnen Muthes bekannt, war von dem Verwalter eines der oben erwähnten Landgüter zum Wächter während der Olivenernte bestellt worden. Er sang:

> Geh' ich zum Hause
>   Meiner Maria,
> Leicht, als ging's thalwärts,
>   Steig' ich bergauf.
> Doch bei der Heimkehr —
>   Fällt jeder Schritt mir schwer,
>   Geht's auch bergab.

Wie er an den Zaun des Olivengartens kam, suchte er nicht erst eine Pforte, sondern sprang über ihn hinweg und traf drüben einen andern Burschen, der etwas älter war, wie unser Wächter; Beide gingen zusammen nach dem Dorfe. Der Neuhinzugekommene war gleich=

falls in die andalusische Landestracht gekleidet, aber er war nicht so groß und hatte nicht die stolze Haltung. Seine braunen Augen waren minder lebhaft, sein Blick war ruhiger, sein Mund ernster, sein Lächeln sanfter. Statt der Flinte trug er eine Hacke auf der Schulter; eine Eselin ging vor ihm her, die er nicht antrieb, und ihm folgte ein gewaltiger Hund mit gelblich=weißen, dichten, kurzen Haaren von der schönen Estremaburarace.

„Holla! Bist Du es, Perico? Gott behüte Dich!" sagte der zierliche Wächter.

„Dich gleichfalls, Ventura!" entgegnete der andere, „bist Du abgelöst?"

„Nein," erwiederte Ventura, „ich habe was zu be=sorgen. Ueberdieß sind es acht Tage ..."

„Daß Du meine Schwester Elvira nicht gesehen hast," unterbrach ihn Perico und lächelte freundlich. „Recht so, Freund: zwei Fliegen mit einer Klappe."

„Schweige, Perico! Wer ein Dach von Glas hat, wirft keinen Stein auf das des Nachbars," entgegnete der Wächter.

„Wie glücklich bist Du doch, Ventura," fuhr Perico fort und seufzte laut, „daß Du heirathen kannst, wenn Du Lust hast, und nichts Dir ein Hinderniß in den Weg legt."

„Wie denn?" fragte Ventura, „wer oder was kann Deiner Verheirathung hinderlich sein?"

„Der Wille meiner Mutter," versetzte Perico.

„Was sagst Du mir da?" rief Ventura. „Weßhalb benn? Was kann sie gegen Rita haben? Sie ist jung, hübsch, guter Leute Kind und noch dazu Deine Muhme."

„Das ist es eben, was an ihr nicht gefallen soll."

„Ach, das sind Bedenklichkeiten einer alten Frau. Will sie an der Kirchensatzung, die eine Ehe unter der= gleichen Verwandten gestattet, rütteln?"

„Meine Mutter," entgegnete Perico, „hat keine reli= giösen Bedenklichkeiten, sondern sie meint: Verbindungen unter so nahen Verwandten wären gegen die Natur; ein und dasselbe Blut vertrage sich nicht, früher oder später müßten Leiden, Unglück und Mißhelligkeiten eintreten. Sie weiß hundert Geschichten davon zu erzählen."

„Du mußt Dir nichts daraus machen," sagte Ven= tura; „laß sie immerhin, wie der Todtenvogel*), Unglück verkünden. Die Mütter haben eben stets was gegen die Verheirathung ihrer Kinder einzuwenden."

„Nein," erwiederte Perico ernst, „nein, ohne die Ein= willigung meiner Mutter werde ich mich nie verheira= then."

Schweigend gingen sie einige Augenblicke weiter: dann meinte Ventura:

---

*) Käuzchen, noctua.

„Es geht mir wie dem Rheder Spierstange, der die Leute sich einschiffen ließ, aber selber am Lande blieb, oder wie jenem Prediger, der da sagte: Handelt nach meinen Worten, aber nicht nach meinen Thaten. Ist nicht der Wille meines Vaters daran schuld, daß ich mich, den Löwen, durch eine wollene Schnur zu fesseln gestatte? Könnte ich nicht jetzt in Utrera sein und mich unter die Freiwilligen einschreiben lassen, um gegen die schändlichen Verräther zu kämpfen, die sich wie Freunde bei uns einzuschleichen wußten, um sich zu Herren unseres Landes zu machen und ein fremdes Joch uns aufzuerlegen? Weißt Du, Perico, daß wir schlechte Spanier und Feiglinge sind, da wir hier bleiben und zusehen, wie die Andern abmarschiren?"

„Ich denke ebenso," versetzte Perico, „aber wie kann ich meine Mutter und meine Schwester verlassen, die ohne mich nicht wissen würden, was sie anfangen sollen? Ich sage Dir jedoch, wenn meine Mutter es durchaus nicht zuläßt, daß ich mich verheirathe, so kann ich hier nicht länger leben und rücke mit den übrigen Burschen aus; das ist mein fester Entschluß."

„Und daran thust Du recht," sagte Ventura mit Nachdruck. „Ehe man sich's versieht, werde auch ich dem Rufe folgen, und dann glaube mir, Perico, dann wird es bald einige Franzosen weniger auf spanischem Boden geben."

2*

„Und Elvira?" fragte Perico.

„Wird es wie die andern Mädchen machen: sie wird meine Rückkehr erwarten ... oder mich beweinen."

Sie kamen im Dorfe an.

Zweites Kapitel.

Das Haus der Familie des Perico war geräumig und außen und innen sauber geweißt. An jeder Seite der Hausthür befand sich, mit der Mauer verbunden, eine steinerne Bank. In dem Raum hinter der Hausthür hing eine Lampe vor einem Bilde des Herrn, welches über der zweiten Thür angebracht war; denn es verlangt die katholische Sitte, daß allem Beginnen ein religiöser Gedanke vorangeht und Alles unter einen heiligen Schutz gestellt wird. Mitten in dem geräumigen Hofe erhob sich auf kräftigem, glattem Stamm ein mächtiger Orangenbaum, dessen Fuß eine Einfassung gleich einem Cuiraß schützte. Unendlich vielen Geschlechtern der Familie hatte er Freuden in Fülle gespendet. Der verstorbene Juan Alvareda, der Vater des Perico, behauptete steif und fest: der Baum sei nach der Vertreibung der Mauren von einem Alvareda, Soldaten des heil. Königs Fernando, gepflanzt worden, und als der Bruder seiner Frau, ein Geistlicher, ihn belehren wollte, daß seine Familie sich eines solchen Alters nicht rühmen könne, entgegnete er, ohne in seiner Ueberzeugung auch nur einen Augenblick schwankend zu werden: alle Familien in der Welt wären alt; die Nachkommenschaft der Reichen könne allerdings in der geraden Linie aussterben, aber bei den Armen könne etwas der Art gar nicht vorkommen.

Die Frauen der Familie bereiteten aus den Blättern des Orangenbaumes eine stärkende Medizin für den Magen, die zugleich bei Nervenaufregungen als beruhigendes Mittel diente; die Mädchen schmückten sich mit seinen Blumen und machten Confect aus ihnen; die Kinder ließen sich seine Früchte wohlschmecken und erfrischten ihr Blut mit denselben. Auf seinen Zweigen hatten die Vögel ihr Hauptquartier und sangen tausend heitere Weisen, während seine Besitzer, die in seinem Schatten aufgewachsen waren, ihn im Sommer unermüdlich begossen und im Winter die trockenen Aeste ausschnitten, wie man die grauen Haare von dem geliebten Haupt des Vaters entfernt, da man nicht wünscht, ihn je alt werden zu sehen.

Zur Rechten und Linken der Eingangsthür befanden sich zwei Wohnungen oder Partido's, wie sie in der Sprache des Landes genannt werden. Sie waren gleich groß und bestanden aus einem Zimmer, dessen beide vergitterte Fenster nach der Straße gingen, und aus zwei

kleinen Alkoven, die an das Zimmer dem Eingang und
den Fenstern gegenüber stießen und ihr Licht vom Hofe
erhielten. Am Ende desselben traf man auf eine Thür,
die nach dem sehr großen Wirthschaftshof führte; hier
befanden sich die Küche, das Waschhaus, die Ställe und
in der Mitte ein mächtiger Feigenbaum, der so beschei=
den und anspruchslos war, daß er, ohne zu murren, des
Nachts den Hühnern eine Ruhestätte gewährte, ohne daß
sich jemals seine Aeste unter der unbequemen Last gebo=
gen hätten, selbst nicht, um ihnen zum Karneval einen
Possen zu spielen.

Vor drei Jahren war der Herr des Hauses gestor=
ben. Als er sein Ende herankommen fühlte, rief er sei=
nen Sohn Perico zu sich und sagte: „Deiner Sorge
bleiben nunmehr Mutter und Schwester überlassen; be=
wache und leite die Eine und lasse Dich von der An=
dern leiten. Ich habe stets in der heiligen Furcht des
Herrn gelebt und an den Tod gedacht; deßhalb sehe ich
ohne Angst und Grauen ihn nahen. Erinnere Dich an
meinen Tod, um ihn nicht zu fürchten. Alle Alvareda's
sind brave Männer gewesen; in Deinen Adern rinnt
dasselbe spanische Blut und in Deinem Herzen leben die=
selben katholischen Grundsätze, die sie dazu gemacht ha=
ben. Sei wie sie und Du wirst glücklich leben und ru=
hig sterben."

Anna, seine Wittwe, war eine ausgezeichnete Frau

in ihrem Kreise und würde es gleichfalls in jedem höheren gewesen sein. Von ihrem Bruder, der ein Geistlicher war, erzogen, besaß sie einen gebildeten Verstand,
einen ernsten Charakter, ein würdiges Benehmen, und
dabei war sie tugendhaften Sinnes. Diese Vorzüge, im
Verein mit ihrer nicht durch Nahrungssorgen gedrückten
Lage, gaben ihr ein wirkliches Uebergewicht über ihre
Umgebungen, und sie wies dasselbe nicht zurück, ohne es
jedoch zu mißbrauchen. Ihr Sohn Perico, bescheiden,
gehorsam und thätig, war ihr Trost, und hatte ihr nur
durch seine Liebe zu seiner Cousine Rita Anlaß zur Un-
zufriedenheit gegeben.

Ihre Tochter Elvira war drei Jahre jünger, als der
Sohn Perico; sie war sanft wie eine Malve, bescheiden
wie ein Veilchen und rein wie eine Lilie. In ihrer
Kindheit hatte sie gekränkelt; eine Folge davon war das
blasse, sonst dem des Bruders so ähnliche Antlitz und
der Ausdruck ruhiger Ergebung, wodurch sie einen eigenthümlichen Reiz erhielt. Schon als Kind war sie mit
Ventura, dem schönen und muthigen Sohn des Nach-
bar Pedro, eng verbunden und dieser ein Freund und
Gevatter des verstorbenen Juan Alvareda gewesen.

Die Frau Pedro's starb bei der Geburt einer Toch-
ter, welche der Vater einer Nonne zu Alcala, einer
Schwester der Verstorbenen, anvertraute. Von seiner
Tochter getrennt, hatte Pedro all' seine Liebe seinem

Sohn Ventura zugewandt und mit Freude und Stolz ihn zum schönsten, kühnsten und lebenslustigsten Burschen des Dorfes heranwachsen sehen.

Geradeüber dem Hause der Alvareda's lag das kleine Haus der Maria, der Mutter der Rita. Maria war die hinterlassene Wittwe eines Bruders der Anna, welcher Verwalter eines benachbarten Landgutes gewesen. Diese Frau besaß eine solche Gutmüthigkeit, war so arglos und so wenig umsichtig, daß sie nicht die nöthige Charakterstärke besaß, um den stolzen, rauhen Eigensinn zu beugen, den Rita bereits als Kind zu erkennen gab und der sich denn auch ungehindert entwickelte. Rita war heftig, ließ sich von jedem Eindruck hinreißen und blieb trotzdem kalten Herzens. Ihr Gesicht war außerordentlich hübsch und besaß einen verführerischen Ausdruck; lebhaft, pikant, rosig und spöttisch, bildete es einen vollständigen Gegensatz gegen das ihrer Muhme Elvira; man hätte die eine mit der dornenbewaffneten Rose, die andere mit der Passionsblume vergleichen können, die auf bleichen Blättern einen Dornenkranz, das Sinnbild des Leidens, erblicken läßt und in ihrem Kelch so süßen Honig birgt.

Bei Schilderung der Familie und ihrer Angehörigen können wir Melampo nicht übergehen, jenen Hund, der, wie wir sahen, Perico bei seiner Rückkehr nach dem Dorfe bedächtig begleitete. Auch ihm gebührt hier eine

Stelle, denn nicht alle Hunde sind gleich, nicht einmal „vor dem Gesetz". Melampo war ein ehrenwerther, ernster Hund, der allerdings trotz seiner ungeheuren Stärke durchaus keinen Anspruch darauf machte, dem Hunde des Herkules oder Alcides zu gleichen. Er bellte selten, und dann immer aus einem erheblichen Grunde; er war mäßig und nicht genäschig. Er hatte, so lange er lebte, noch Niemanden gebissen. Mit Verachtung behandelte er die kleinen Dorfkläffer, die hinter ihm drein bellten, als wollten sie ihm wer weiß was anhaben; dafür hatte aber Melampo sechs Füchse und drei Wölfe umgebracht; außerdem hatte er sich eines Tages auf einen Stier gestürzt, der seinen Herrn verfolgte, und ihn festgehalten, indem er ihn wie ein ungezogenes Kind beim Ohr packte. Nach solchen Dienstleistungen schlief nun Melampo auf seinen Lorbeeren in der Sonne.

Drittes Kapitel.

Wie die beiden Burschen in's Dorf kamen, sahen sie Elvira und Rita, die in der Thür des einen Hauses standen. Sie trugen Mantillen von gelbem Boy, mit einem schwarzen Sammetband eingefaßt, wie sie damals bei den Frauen aus dem Volk üblich waren statt des großen Tuches, welches jetzt Mode geworden ist. Diese

Mantillen bedeckten den unteren Theil des Gesichts, so daß nur die Stirn und die Augen zu sehen waren.

Nachdem man sich guten Abend gewünscht hatte, sagte Perico zu seiner Schwester:

„Elvira, gieb Acht, dieser Vogel will entfliegen; schließe den Käfig fest zu, denn sonst macht er sich auf und davon und zieht gegen die gemeinen Franzosen, die sich gern bei uns so festsetzen möchten, wie Pedro in seinem Hause."

„Nun, es heißt," fügte Ventura hinzu, „daß sie sich bereits Sevilla nähern. Sollen wir uns das denn ruhig mit ansehen und nicht sagen: Hier gehören wir her?"

„Ach Herr Jesus!" rief Elvira. „Ich hoffe zu Gott, daß das nicht geschieht. Sprich mir wenigstens nicht davon! Ach heil. Anna, meine Schutzpatronin! wenn Du dieses Unheil von uns abwendest, so will ich Dir mein Liebstes opfern, mein Haar, und es an Deinem Altar in einer Flechte mit himmelblauem Bande aufhängen."

„Und ich," sagte Rita, „gelobe der Heiligen zwei Nelkentöpfe, um damit ihre Kapelle an ihrem Fest zu schmücken, vorausgesetzt, daß Sie sich rasch auf und davon machen und spät wiederkehren."

„So was mußt Du nicht einmal im Scherz sagen," rief Elvira bestürzt.

„Ach, laſſe ſie nur reden, was ſie will. Die Heilige wird doch wohl die ſchöne Flechte von Deinen Haaren ihren Blumentöpfen vorziehen," bemerkte Ventura.

Da trat die gute alte Maria hinzu; ſie war älter wie ihre Schwägerin, und obgleich ſie erſt ſechzig Jahre zählte, ſo bewirkten es doch ihre kleine, magere Geſtalt und das früher eintretende Alter bei den Frauen aus dem Volk, daß ſie noch viel bejahrter ausſah. Ihre kleine Perſon war in eine Mantille von kaſtanienbrau= nem Boy gehüllt und ſie zitterte vor Froſt.

„Kinder," rief ſie, als ſie die vier an der nach der Straße führenden Thür erblickte, „die Nacht bricht her= ein; Ihr müßt hier ja frieren."

„Was frieren," verſetzte Ventura und knöpfte den Hemdkragen auf, „mir iſt warm; die Kälte ſteckt in Ih= ren Knochen, Tante Maria."

„Spaße nicht mit der Geſundheit, mein Sohn," ent= gegnete die gute Frau, „und verlaſſe Dich nicht auf die geringe Zahl Deiner Jahre, denn der Tod ſieht nicht auf den Taufſchein. Dieſer Nordwind iſt ſo ſchneidend wie ein Meſſer, und ich ſage Euch, daß Ihr hier viel eher eine Lungenentzündung, als eine Erbſchaft aus In= dien bekommt."

Mit dieſen Worten ging ſie in's Haus; die Uebri= gen folgten, Ventura ausgenommen, der fortging, um ſeine Aufträge auszurichten.

Sie fanden Anna am Kohlenbecken sitzen, um wel= ches im Winter die Familien ihre Plätze zu nehmen pflegen. Die große kupferne Pfanne glänzte wie Gold auf dem niedrigen, hölzernen Gestell. Das Zimmer war geräumig, der Boden mit langhaarigen Teppichen be= deckt. Ringsumher standen plumpe, binsengeflochtene Stühle mit niedrigen Sitzen und hohen Lehnen. Ein niedriger Tisch von Fichtenholz, auf dem eine metallene Lampe brannte, und ein lederner Armsessel, wie man der= gleichen in den Barbierstuben anzutreffen pflegt, vervoll= ständigten die einfache Ausstattung dieses Zimmers. In der Alkove erblickte man ein hohes Bett, dessen weiße Decke gesteifte Falten zeigte, eine sehr große Truhe von Cedernholz, die, um sie vor der Feuchtigkeit des Bodens zu schützen, auf einem niedrigen Gestell stand, ein Tisch= chen von demselben Holz, auf welchem in einem Maha= goniglaskasten eine schöne Figur Unserer lieben Frau der Schmerzen stand, einige Gebetbücher und den „Mystischen Kranz oder das Leben der Heiligen" vom Pater Balta= sar Bosch Centellas.

Sowie Alle, mit Einschluß Pedro's, des Gevatters der Anna, versammelt waren, begann sie den Rosenkranz zu beten. Nachdem sie damit zu Ende gekommen, ergriff sie ihre Spindel und spann; Elvira strickte, Pedro, der den Sessel eingenommen hatte, machte sich eine Ci=

garre zurecht; Perico briet Kastanien und Eicheln*) und gab sie alsdann Rita; diese verzehrte sie und Maria betete leise weiter, wobei sie manchmal dem Morpheus grüßend zunickte.

„Du lieber Gott," sagte Perico, „es will und will nicht regnen, die Erde ist steinhart und der Himmel sieht aus wie Erz. Heute vor'm Jahre regnete es, daß man nichts von der Erde zu sehen bekam, so war sie mit Gras und Kräutern bedeckt."

„Das ist richtig," erwiederte Pedro; „heuer sterben die Heerden Hungers, während sie voriges Jahr überall einen gedeckten Tisch fanden."

„Mir kommt es vor," fügte Elvira mit ihrer sanf= ten Stimme hinzu, „als wenn es bald regnen würde. Heute hatte der Fluß schwarze Ränder, und nach der Meinung alter Leute sind diese Ränder schlafende Stürme; werden die nun von den Winden erweckt, so überschwem= men sie die Welt."

„Ja, ja, es kommt Regen," sagte Rita. „Diese Nacht sah ich den Wasserstern, der dem Sturm vor= leuchtet."

„Es kommt Regen," bestätigte Maria, die durch die helle, kräftige Stimme ihrer Tochter aus ihrem Schlum= mer erweckt wurde; „mir verkündet es mein Reißen in

---

*) Die Früchte der Speiseeiche, Quercus esculus.

den Gliedern. Freilich! Wind und Regen bringt die jetzige Jahreszeit mit sich und sie möchte sich beeilen. Mich dauern nur die armen Hirten, die solche Nächte im Wirthshaus zum Stern*) hinbringen müssen."

„Ach, derentwegen laßt Euch kein graues Haar wachsen, Maria," sagte der joviale Pedro, der bei jeder Gelegenheit einen Denkspruch, ein Sprüchwort, eine Geschichte oder einen Scherz zur Hand hatte, „in dieser Welt kommt Alles auf die Gewohnheit an und was dem Einen als ein Uebel vorkommt, das hält der Andere für gut. Die Gewohnheit ebnet Alles wie das Meer und vergoldet Alles wie die Sonne. Ein Hirt verheirathete sich mit einem Mädchen, das wie eine Rose aussah. Nun wollte es der Zufall, daß sich in der Nacht ein Sturm erhob, als wenn alle Teufel losgelassen wären; es donnerte und blitzte, es tobte und es goß in Strömen. Das konnte sich der Hirt nicht ruhig mitanhören; er verließ seine junge Frau, kam hinter'm Bett hervor, lief an's Fenster, welches er öffnete, und schrie: Ach, Du verwünschte Nacht, Du gefällst mir gar nicht."

„Das war ein hübsches Mädchen, um die junge Frau eifersüchtig zu machen," sagte Rita und lachte laut auf.

*) Unter freiem Himmel.

Es schlug acht; sie beteten das Abendgebet und gingen bald darauf auseinander.

Wie die Mutter mit den Kindern allein war, breitete Elvira über den Tisch ein sauberes Tischtuch und stellte eine Schüssel mit Salat darauf.

Anna und ihre Tochter begannen zu essen; Perico dagegen blieb sitzen, neigte den Kopf über das Kohlenbecken und schürte zerstreut mit der Feuerschaufel in den unter der Asche noch glühenden Kohlen.

„Willst Du nicht essen, Perico?" fragte seine Schwester, und langte ihm das vortreffliche Weißbrot zu, das sie selbst gebacken hatte.

„Ich habe keinen Hunger," versetzte er ohne aufzusehen.

„Bist Du krank, mein Sohn?" fragte Anna.

„Nein, Frau Mutter," erwiederte er.

Schweigend ging die Abendmahlzeit vorüber, und als Elvira mit den Tellern hinausgegangen war, sagte Perico plötzlich zu seiner Mutter:

„Mutter, morgen gehe ich nach Utrera und lasse mich bei den treuen spanischen Truppen einschreiben, die das Vaterland vertheidigen wollen."

Anna erschrak heftig. An den unbedingten Gehorsam ihres Sohnes gewöhnt, sagte sie:

„In den Krieg? Das will also sagen, daß Du uns zu verlassen gedenkst. Aber das geht ja nicht; Du kannst, Du darfst Deine Mutter nicht verlassen; dazu gebe ich nun und nimmermehr meine Zustimmung."

"Mutter," versetzte der verzweifelnde Sohn, "immer und immer haben Sie meinen Wünschen in den Weg zu treten. Erst haben Sie meinen Willen gelähmt und jetzt wollen Sie sich auch meinen Arm unterwerfen. Nichts wie Hindernisse wissen Sie mir zu bereiten," fuhr er fort, aufgeregt durch die beiden Hauptmächte, welche den Menschen regieren: durch die Vaterlandsliebe in ihrer ganzen Reinheit und durch die Liebe in aller ihrer Fülle. "Mutter, ich bin zweiundzwanzig Jahre alt und besitze die Kraft und den Willen, es auf die Spitze zu treiben, wenn Sie mich dazu zwingen."

Anna faltete überrascht und erschrocken die kalten, zitternden Hände und rief:

"Wie? giebt es denn wirklich für Dich keine andere Wahl, als die Heirath, die Dich unglücklich machen, und den Krieg, der Dir das Leben kosten wird?"

"Keine andere, Mutter," sagte Perico, den die Furcht, in dem begonnenen Kampf unterliegen zu können, seinen bisherigen Charakter aufgeben und hartherzig werden ließ: "Entweder bleibe ich hier und heirathe, oder ich gehe fort und erfülle die Pflicht jedes spanischen Burschen."

"Nun dann heirathe," erwiederte die Mutter mit ernster Stimme; "ich wähle unter zwei Uebeln das, was am wenigsten lästig ist, aber, Perico, gedenke dessen, was Dir heut Deine Mutter sagt. Rita ist eitel, leichtsinnig, eine kalte Christin und eine undankbare Tochter. Eine schlechte Tochter ist auch eine schlechte Frau. Euer Blut widerstrebt sich gegenseitig; Du wirst Dich dereinst dessen erinnern, was Dir heut Deine Mutter sagt, aber dann wird es zu spät sein.»

Nachdem die edle Frau diese Worte gesprochen hatte, die fast von Thränen erstickt worden wären, ging sie in die Alkove, um diese Thränen vor ihrem Sohn zu verbergen.

Perico, der seine Mutter nicht bloß zärtlich, sondern auch mit aller Ehrerbietung liebte, machte eine Bewegung, um sie zurückzuhalten, aber seine Schüchternheit und die Verwirrung, in welcher er sich befand, machten ihn vollständig unfähig, Worte zu finden, und einen Augenblick wußte er nicht, was er thun sollte. Dann erhob er sich trotzig, fuhr mit der Hand über seine feuchte Stirn und ging hinaus.

Während dieser Zeit wartete Rita vergeblich an ihrem Gitter und wurde ungeduldig und unruhig.

„Na, da haben wir's," sagte sie endlich und schloß den hölzernen Laden. „Jetzt kannst Du kommen! So wahr ich lebe, Du sollst länger warten als ich . . ."

Da rollte ein Stein an den Fuß der Mauer; dies

war das zwischen ihnen verabredete Zeichen, um die Ankunft Perico's zu melden.

„Laß Du nur alle Kiesel von Dos-Hermanos rollen,
der Laden wird doch nicht aufgemacht, dachte Rita. Glaubst
Du etwa, daß ich auch so folgsam bin wie Deine alte
Eselin? Damit ist es nichts, mein Sohn."

Es wurde ein zweiter Stein von Perico heftiger wie
gewöhnlich gegen die Wand geworfen.

„Holla!" sagte Rita, „es scheint, daß er Eile hat.
Es ist recht, wenn er auch einmal merkt, daß das Warten nicht nach Zucker schmeckt. Mir thut es nur leid,
daß es nicht mit Keulen regnet." Nach einiger Ueberlegung fügte sie hinzu: „Wenn wir böse miteinander sind,
wird es ein gefundener Handel für meine Tante, die
Duckmäuserin, sein. Die würde gleich die heilige Marcela, die Tochter des Oheims Pedro, herbeirufen, welche der
alte Schlaukopf im Kloster verwahrt wie eine marinirte
Sardine in der Brühe, um sie bei der ersten besten Gelegenheit von seinem vielgeliebten Perico schnabuliren zu
lassen. Aber aus der Geschichte wird nichts, und um
ihnen das Handwerk zu legen . . ."

Sie öffnete dabei rasch das Fenster und vollendete den
Satz mit den Worten:

„Bin ich hier . . . Höre," redete sie darauf Perico
mürrisch an, „willst Du denn die Mauer einwerfen?
Weshalb weckst Du mich auf? Wenn ich warten muß,

schlafe ich ein, und wenn ich eingeschlafen bin, mögen die, die mich erwecken, sich zum Teufel scheeren. Also gehe nur wieder dahin, woher Du gekommen bist, oder wohin Du sonst Lust hast, mir gilt es gleich."

Dabei that sie, als wenn sie den Laden schließen wollte.

„Rita, Rita!" rief Perico ihr aufgeregt zu: „ich habe mit meiner Mutter gesprochen . . . ."

„Du?" sagte Rita, während sie den bereits herumgedrehten Laden wieder öffnete. „Was sagst Du mir da? Das klingt ja gerade so wie das Wunder mit Bileam's Eselin. Und was hat Dir diese mater nicht amabilis gesagt?"

„Sie meint: ich kann mich verheirathen," rief Perico voller Jubel.

„Wirklich?" fragte Rita. „Mich schütze der heilige Quilindon, wie oft läßt sich doch nicht ein Schlüssel umdrehen. Na, die klugen Leute müssen ihre Ansichten ändern. Wohlan, ich werde ihr morgen mein Beileid bezeugen. Wie wär's denn, Perico, wenn ich dem guten Beispiel Deiner Mutter Folge leistete, wozu mich die meinige jederzeit ermahnt, und ich nun auch meine Ansicht änderte und nein sagte?"

„Rita, Rita!" rief Perico ganz entzückt, „Du wirst mein Weib!"

„Das wollen wir erst sehen," versetzte Rita. „Das

Nein ist wie ein Duro; je öfter man ihn umdreht, desto besser gefällt er einem."

Mit solchen und ähnlichen schlechten Einfällen zerstörte Rita den feierlichen Eindruck gänzlich, den die Worte der Mutter auf Perico gemacht hatten.

Viertes Kapitel.

Am folgenden Morgen saß Anna traurig und niedergeschlagen da, als der Oheim Pedro zu ihr kam.

„Gevatterin," sagte er, „ich bin gekommen, drum bin ich hier."

„Wenn Ihr nur was Gutes bringt, Gevatter."

„Nun ich bin gekommen, weil ich mit Euch zu sprechen habe."

„Sprecht, Gevatter, und jemehr desto besser."

„Ihr wißt, Gevatterin, daß der verdrehte Stiefel, der Ventura, es sich in den Schädel gesetzt hat, dahin zu gehn, wo man den gottverfluchten Schurken von Franzosen die Jacke ausklopft."

„Herr Jesus, Herr Jesus, Gevatter! Bringt den Feind im gerechten Kriege um, aber verflucht ihn nicht. Perico hat auch daran gedacht. Freilich ist es ein bitteres Leid für uns, aber man kann es ihnen nicht verdenken."

„Das sage ich auch, Gevatterin, (diese Verräther mögen die Pest kriegen); allein es ist doch am Ende mein einziger Sohn und ich möchte ihn nicht verlieren, könnte ich gleich statt seiner ganz Spanien bekommen. Es gab nur ein Mittel, ihn hier festzuhalten, und das komme ich Euch mitzutheilen.“

Bei diesen Worten ließ sich Pedro auf den großen, ledernen Armsessel nieder, legte die Zipfel seines Mantels zusammen, streckte die Füße gegen das Kohlenbecken, kurz er machte es sich so bequem wie möglich.

„Gevatterin,“ sagte er endlich und ließ nun einen Strom gleichbedeutender Redensarten los, wie dies die Schwätzer zur Gewohnheit haben. „Ich verabscheue alle Umschweife, denn man kann sich den Mund damit nur trocken reden. Geschäfte muß man mit wenig Worten abmachen und diese Worte müssen klar und deutlich sein. Entweder — oder, das ist mein Fall. Wenn man etwas in fünf Minuten sagen kann, weshalb soll man dazu eine Stunde brauchen? Was man heute thun kann, weshalb soll man es bis auf morgen verschieben? Von allen Wegen ist immer der kürzeste der beste; doch kommen wir zur Sache, denn mir gefallen weder die Umschweife noch . . .“

„In der That, Gevatter,“ unterbrach ihn Anna, „wenn man Euch hört, sollte man das Gegentheil glau=

ben. Zur Sache also, denn darauf passe ich, seitdem Ihr eingetreten seid."

„Eile mit Weile! Ich bin kein Springinsfeld," versetzte Pedro. „Wenn die Leute miteinander reden, verständigen sie sich; es entläuft uns ja nicht. Potz Blitz, Gevatterin, Ihr seid ja fixer wie ein Funken und flotter wie ein Hauch! Ich sagte Euch, Sennora Kann'snichterwarten, daß es nur ein Mittel giebt, diese Rakete hier festzuhalten, die durchaus losgehen will; dieses Mittel ist ein Schritt, der doch früher oder später gethan werden muß; mit einem Worte und um rasch zum Ziel zu kommen: ich bin hier und will bei Euch um Eure Elvira für meinen Ventura anhalten, wobei ich wünsche, daß Euch der Schwiegersohn, den ich Euch anbiete, ebenso gefällt, als mir die Schwiegertochter, um die ich werbe."

Anna gab deutlich ihre Freude über eine in jeder Beziehung passende Verbindung zu erkennen, die den Eltern wie den Kindern gleich erwünscht war.

Man begann nun die Berathung über die Bedingungen des Ehekontrakts, wobei man sich nach Art wohlhabender Leute zu benehmen wußte.

„Gevatter," sagte Anna, „Ihr wißt recht gut, was wir haben; es handelt sich also blos um die Theilung. Dieses Haus hat stets der älteste Sohn bekommen. Der Weingarten gehört von Rechtswegen Perico, denn er hat ihn verbessert und einen großen Theil neu bepflanzt. Die

Kühe bekommt er, denn er muß mich, so lange ich lebe, erhalten. Die Eselin braucht er . . ."

„Wollt Ihr mir um aller Welt willen sagen, Gevatterin," unterbrach sie Pedro, „was da noch Elvira übrig bleibt? Denn es scheint nach den von Euch getroffenen Anordnungen, daß sie aus Euren Händen entlassen werden wird, wie unsere Stammmutter Eva — sie ruhe in Frieden — aus denen des Schöpfers kam."

„Elvira bekommt den Olivengarten," versetzte Anna.

„Das ist ja eine Mitgift für eine Prinzessin!" rief der Oheim Pedro. „Ei! ein Olivengarten so groß wie ein Taschentuch und der soviel Oel liefert, daß es nicht für die Lampe beim Allerheiligsten hinreicht."

„Vor zwanzig Jahren lieferte er mehr als hundert Stein," bemerkte Anna.

„Gevatterin," sagte Pedro, „was da war und nicht mehr ist, das ist so gut, als wäre es gar nicht dagewesen. Vor zwanzig Jahren waren die Mädchen sterblich in mich verliebt."

„Vor vierzig Jahren, wolltet Ihr sagen," meinte Anna.

„Wie genau Ihr zu rechnen versteht, Gevatterin!" fuhr Pedro fort. „Doch zur Sache. Dem Olivengarten fehlen mehr Oelbäume, als dem heiligen Petrus Haare, und die noch vorhandenen sind so dürftig wie die Kerzen in der Charwoche."

„Man merkt es recht gut, Gevatter, daß Ihr ihn

seit langer Zeit nicht gesehen habt. Seit Perico erfah=
ren hat, daß seine Schwester einmal den Olivengarten
bekommen soll, hat er die Bäume wie Rosenstöcke in
Töpfen gepflegt; jeder Oelbaum sieht aus wie ein Pa=
radeplatz. Elvira bekommt außerdem die angrenzenden
Ländereien, welche der durch den Garten fließende Bach
bewässert."

„Bedenkt doch, Gevatterin, daß diese Ländereien dürr
und durstig sind, weil der Bach die Hälfte des Jahres
trocken und die andere Hälfte ohne Wasser ist. Sprechen
wir deutlich; handelt sich's um Brot, will ich Brot
haben, um Wein, Wein; mir gefällt es nicht, wenn jenes
mit Kleie, dieser mit Wasser versetzt ist. Jene Lände=
reien, Gevatterin, sind armselig und faul; höchstens kann
sich ein Esel auf ihnen umherwälzen. Aber, da uns Nie=
mand hier hört, habt Ihr nicht voriges Jahr zwei fette
Schweine verkauft, von denen jedes seine fünfzehn Stein
wog? Eine Peseta das Pfund, na da rechnet selber nach;
hundert Centner Gerste zu fünfzehn Realen, hundert
Schläuche Wein und fünfzig Schläuche Essig. Diese
Katze habt Ihr in den Kasten gesteckt; jetzt bekäme sie
die beste Gelegenheit, einmal frische Luft zu schöpfen.
Als Se. Majestät, König Karl IV. nach Jerez kam, da
geht die Rede, daß man ihm einen vortrefflichen Wein
darbrachte, einen Wein, Gevatterin, der etwas besser war,
als der aus Eurem Weingarten. Se. Majestät scheint

ein Kenner gewesen zu sein, denn er lobte den Wein mit lauter Stimme. Sennor, sagte der Alkalde, in dessen Schädel es sehr leer aussehen mochte — aber auf ihren Wein sind die Jerezaner stolzer wie ich auf meinen Sohn — Sennor, Ew. Königliche Majestät möge wissen, daß wir noch viel bessern Wein haben. So? sagte der König, nun so hebt ihn für eine bessere Gelegenheit auf. Gevatterin, diese Geschichte gilt Euch; macht Eure Anwendung von derselben.»

„Nun es versteht sich wohl von selbst, daß dieß Geld und was ich sonst noch besitze, ganz und ungetheilt meiner Herzenstochter gehört,» versetze Anna.

„Das nenne ich wohlgesprochen!» rief Pedro fröhlich. „Gevatterin, Ihr seid meiner Treue so viel wie ein Peru werth. Was meinen Ventura anbelangt, so gehört ihm Alles, was ich besitze, da Marcela Nonne werden will. Und er ist Euch nicht nackt und bloß: er bekommt mein Haus . . .»

„Was ein jämmerliches Loch ist,» sagte Anna.

„Meine Eselinnen . . .»

„Die alt sind.»

„Meine Ziegen . . .»

„Die Euch, weil sie so oft Schaden anrichten, mehr an Strafgeldern kosten, als Euch die Milch, die Käse und die Zicklein einbringen.»

„Und meinen Garten,» fuhr Pedro fort, da er die

Scherze der Anna, mit denen sie sich ob der seinigen rä=
chen wollte, unbeachtet ließ.

Unter solchen Verhandlungen wurden die Grundlagen
des Ehevertrages festgestellt, so daß Beide nach wie vor
die besten Freunde von der Welt blieben.

Als Pedro fortgegangen war, nahm Anna ihre Man=
tille von Boy um, unterdrückte ihren Schmerz und ihren
heftigen Widerwillen und begab sich in das Haus der
Maria.

Maria erhielt von ihrer Schwägerin viele Wohltha=
ten, und war ihr daher in Liebe und Dankbarkeit zuge=
than; außerdem zollte sie ihr Hochachtung und Bewunde=
rung. Anna wurde daher mit großer Freude begrüßt.

„Glücklich die Augen, die Dich in diesem Hause sehen,"
rief sie ihr entgegen. „Schwester, welcher gute Gedanke
bringt Dich hierher?"

Sie brachte dem Besuch einen Stuhl.

Anna setzte sich und erklärte ihr den Zweck ihres
Kommens.

Der Jubel der armen Wittwe über den ihr gemachten
Vorschlag war so groß, daß sie nicht Worte fand, um
ihn auszudrücken.

„Ach, meine Schwester," rief sie in abgebrochenen
Sätzen, „welch ein Glück! Perico! mein Herzenssohn!
Dieses Glück verdanke ich dem heiligen Antonius! Und

Du, Anna, bist Du zufrieden? Bedenke, Schwester, daß
Rita, die freilich ein etwas unverschämtes Mundwerk hat,
im Grunde genommen doch ein gutes Mädchen ist; freilich ist sie auch ein bißchen eigensinnig, aber, liebe Schwester, daran bin ich schuld. Hätte ich sie so gut erzogen,
wie Du Deine Elvira, dann wäre es freilich etwas Anderes. Na, Du wirst schon sehen: jetzt ist sie etwas
leichtsinnig, aber das giebt sich mit den Jahren und in
dem neuen Stande. Ich habe sie verzogen, aber sie ist
ja noch sehr jung. Rita, Rita!" rief sie darauf; „komme
her, Deine Tante ist da; was sage ich? Deine Mutter,
denn sie will es werden, da Du ihren Sohn heirathen
sollst."

Rita trat herein mit dem Stolz eines Banquiers und
mit der Ruhe eines Diplomaten.

„Was sagst Du dazu?" rief die Mutter vor Freude
ganz außer sich.

„Daß ich es wußte," versetzte Rita.

Da sagte ihr die Mutter halblaut: „Machst Du doch
ein Gesicht, schlimmer wie eine Herzogin und bleibst so
kühl wie ein Salat."

„Wollen Sie denn, daß ich den Fandango tanze, weil
ich mich verheirathe?" erwiederte Rita laut.

Anna stand auf und ging von dannen.

Maria, durch das abgeschmackte Benehmen ihrer

Tochter auf's Höchste gekränkt, begleitete ihre Schwägerin bis auf die Straße und sagte ihr in zärtlichster Weise
tausendmal Dank.

Fünftes Kapitel.

Man traf die Vorbereitungen zu den beiden Hoch-
zeiten; die der Elvira mit Ventura sollte eher stattfin-
den, da Rita und Perico auf den Dispens von Rom
warten mußten.

Pedro wünschte, daß seine Tochter Marcela der Hochzeit ihres Bruders beiwohnen und dann erst ihr Noviziat
beginnen sollte. Er beschloß daher, sie von Alcala ab-
zuholen. Maria hatte an diesem Ort eine Schuld ein-
zutreiben, da sie all' ihr Geld zur Mitgift bedurfte; sie
benützte daher die Reise ihres alten Freundes, um einen
Gesellschafter auf ihrem Wege zu haben.

Die beiden alten Leute bestiegen ihre Eselinnen und
zogen von dannen, nachdem sich Maria als gute Christin bekreuzt und zum heiligen Erzengel Rafael, dem
Schutzengel der Reisenden von Tobias bis Maria, gebetet hatte.

Maria saß bequem auf den Kissen in ihrem Frauen-
sattel; sie trug weite kattunene Röcke, die um den Gürtel
reiche Falten bildeten, und ein Leibchen von schwarzer

Wolle, deſſen enge Aermel am Handgelenk eine Reihe ſilberner Knöpfe hatten. Das weiße Muſſelinhalstuch warb am Nacken mit einer Nadel zuſammengehalten, damit es nicht mit dem Haar in Berührung kommen ſollte, und man ſah demnach hier eine Mode, welche dreißig Jahre ſpäter bei den eleganten Damen ſo großen Beifall fand. Den Kopf bedeckte ein Tuch, deſſen Zipfel unter dem Kinn zuſammengebunden waren*).

Pedro war mit wenigen Abänderungen bekleidet, wie wir den Anzug ſeines Sohnes beſchrieben haben; nur war das Tuch gröber, die Schärpe von ſchwarzer Wolle und als Wittwer ſah er nicht ſo brall aus, da ſein gan=zer Anzug weiter und der Hut unverziert und nicht ſo breitkrämpig war, den er denn auch gerade in die Höhe gerichtet und nicht ſo keck wie ſein Sohn nach einer Seite geneigt trug.

„Es iſt ein köſtlicher Tag,” ſagte Maria, wie ſie ſich auf der offenen Straße befanden; „die Felder lachen einem entgegen und man ſollte glauben, die Sonne riefe ihnen zu: freuet euch!”

„Ja,” verſetzte Pedro, „der Weizen hat ſein Antlitz emporgerichtet und ſeine Grannen gewetzt, daß ſie wie Nadeln ſtechen.”

---

*) Alte Frauen auf dem Lande kleiden ſich noch jetzt in dieſer Weiſe.

Er nahm seinen Tabaksbeutel von Kaninchenfell hervor und bereitete sich eine Cigarre.

„Maria," sagte Pedro, als er mit diesem Geschäft fertig war, „ich denke mir, daß Ihr von Alcala mit leeren Händen zurückkommen werdet. Aber, Christin, welcher Teufel hat Euch denn verleitet, einem Habenichts Geld zu leihen? Wußtet Ihr nicht, daß er nicht einmal soviel besaß, worauf er hätte sterben können, und auf nichts sich Rechnung machen konnte, als auf eine Portion Hunger und auf eine Portion Noth?"

„Aber, Pedro," entgegnete Maria, „wenn man leiht, kann man ja nur den Armen leihen; die Reichen haben es nicht nöthig und überdieß war er mein Freund."

„Seid Ihr denn die Unschuld selber, daß Ihr nicht wißt, wie der, welcher einem Freunde leiht, Geld und Freund verliert. Allein Ihr, Maria, seid immer etwas verdreht. Ich sage Euch, daß dieser Mensch Euch in drei Raten bezahlen wird: langsam, schlecht und niemals."

„Ihr denkt Euch immer das Schlimmste, Pedro."

„Denke schlecht und Du wirst das Rechte treffen, sagte der Schalksnarr; gerade so ist es auch hier."

Bald darauf trällerte er eine Romanze vor sich hin, deren unendlicher Text folgendermaßen lautete:

Es war zwei Uhr in der Nacht,
Als ich Lärmen hört' im Hause.

Angstvoll ging die Trepp' ich abwärts
Und ergriff den blanken Degen.
Ich durchsuchte 's ganze Haus, —
Nirgend wollte sich was regen.
Und da die Geschichte seltsam; —
Muß von vorn ich sie anfangen:

Es war zwei Uhr in der Nacht u. s. w.

Maria sagte nichts und dachte noch viel weniger; geschaukelt von dem sanften Schritt ihrer Eselin überließ sie sich dem ermattenden schönen Frühlingstage und schlief ein.

Halbwegs befand sich ein Wirthshaus. Als sie vor demselben anlangten, hatten sich einige Soldaten auf die gemauerten Bänke hingestreckt, welche sich zu beiden Seiten der Thür unter dem Vordach befanden. Wie sie unser Paar ankommen sahen, begannen sie ihre Witze über dasselbe zu machen; denn das muß man sich vom Volke, besonders aber von den Soldaten, schon gefallen lassen, die dergleichen nur zu gern anbringen.

„Oheim, woher kommen Sie mit dieser Fastenpredigt?" sagte der Eine.

„Tante!" rief ein Anderer, „steht die Kirche noch, in der Sie getauft wurden?"

„Tante!" fragte ein Dritter, „erinnern Sie sich noch an die Brautnacht?"

„Oheim!" sprach ein Vierter, „reisen Sie mit diesem Mädchen nach Alcala zum Brautexamen?"

„Nein," versetzte Pedro, während er bedächtig von seiner Eselin abstieg, „da muß ich erst älter werden und das Kind noch heranwachsen."

„Tante!" fuhren die Soldaten fort, „wünschen Sie, daß wir Ihnen beim Absteigen von diesem Staatsfüllen helfen?"

„Das ist das Beste, was Ihr thun könnt, meine Söhne," versetzte das gute Weib.

Die Soldaten traten heran und halfen ihr in zuvor= kommendster Weise aus ihrem Sattel.

Pedro traf im Wirthshause einen und den andern Bekannten, die ihm sofort einschenkten. Er ließ sich nicht nöthigen und sagte, nachdem er getrunken hatte:

„Nun muß ich traktiren, da man mich traktirt hat. Sie, meine Freunde, und diese Herren, die ich zwar nicht kenne, denen ich jedoch zu Diensten stehe, werden mir den Gefallen erweisen und ein Gläschen Aniset auf meine Gesundheit trinken."

„Oheim Pedro," bemerkte ein junger Frachtfuhrmann aus Dos=Hermanas, „erzählen Sie uns was; indeß werde ich dafür Sorge tragen, daß Ihr Glas immer voll ist, damit Ihnen die Kehle nicht trocken wird."

„Ach Herr Jesus!" rief die Tante Maria, die sich, nachdem sie ihr Gläschen Aniset geleert, auf einige Ge=

treibeſäcke geſetzt hatte. „Gott ſchütze mich! wenn Pedro
erſt ſeine Knochenlos*) in Gang bringt, da kommen wir
heute nicht wieder auf unſer Dorf zurück, es geſchähe
denn Joſua's Wunder."

„Sorgt nicht, Maria," entgegnete Pedro, „Ihr ſollt
nicht ſo lange auf den Säcken aushalten, bis die Sonne
ſie nicht mehr ſieht."

„Iſt es denn wahr, Oheim Pedro," fragte der Fuhr=
mann, „daß Sie, wie meine Mutter erzählt, vor langer
Zeit, als Sie noch ein junger Burſche waren, der Bräu=
tigam der Tante Maria geweſen ſind?"

„Ja freilich und in allen Ehren," verſetzte der Oheim
Pedro.

„Erlogen!" rief die Tante Maria; „er lügt, daß es
auf die Bäume ſteigt. Ei, Pedro! Was für ein Prahl=
hans er iſt! Ich habe in meinem Leben nur einen Bräu=
tigam gehabt und das war mein Mann, der in Frieden
ruhen möge!"

„Sennora Maria! Sennora Maria!" ſagte Pedro,
„was habt Ihr doch für ein kurzes Gedächtniß! Wißt
Ihr denn nicht:

> Mag dem König man auch nehmen
> Seine Krone, ſeine Lande,
> Nehmen wird man ihm doch nimmer
> Das Gedächtniß ſeiner Herrſchaft.

---

*) Die Zunge.

„Na, es ist wahr," entgegnete Maria, „daß er sich
auf der Hochzeit einer meiner Muhmen in mich verliebte,
und daß er einmal des Nachts an's Gitter kam. Aber
da ist er in einen solchen Schrecken gerathen, daß er mich
im Stiche ließ und mit von der Furcht beflügelten Fü=
ßen auf und davon lief; ich glaube fest, daß er nicht
eher anhielt, als bis er mit seiner Nase an das Ende
der Welt stieß."

„Was war das für eine Geschichte?" rief einstimmig
das ganze Auditorium und lachte laut auf. „So zei=
gen Sie die Fersen, wenn Sie Furcht haben, Oheim
Pedro?"

„Ich gebe mich durchaus nicht für einen Helden aus,"
erwiederte dieser ruhig, „und denke nicht daran, ein zwei=
Francisco Esteban zu sein."

„Das heißt also, Eure Furcht ist größer als Eure
Schaam", sagte die Tante Maria, die ungeduldig wurde.

„Sie sehen, meine Herren," sprach Pedro und zwin=
kerte dabei höchst drollig mit den Augen, „daß sie mir
es noch immer nicht verziehen hat. Was soll das heißen?
Liebte sie mich? Doch ich möchte wohl sehen, wer unter
Ihnen ein Cid Campeabor sein würde, wenn er es mit
Dingen aus der andern Welt, mit übernatürlichen Din=
gen zu thun bekäme."

„Es war dabei nichts Uebernatürliches als Eure
Furcht," unterbrach ihn Maria, „und es war nichts wei=

ter als ein Stein, den eine aus ihrem Schlummer er=
weckte Katze vom Dach hinabrollen ließ.”

„Erzählen Sie uns die Geschichte, Oheim Pedro,
erzählen Sie uns die Geschichte, damit wir darüber ent=
scheiden können,” riefen die Trinker.

„Nun, so wissen Sie denn, meine Herren,” begann
Pedro, „daß das Fenster, zu welchem mich Maria be=
stellt hatte und welches auf der hintern Seite des Hauses
befindlich war, am äußersten Ende des Dorfes auf eine
völlig einsame Gegend hinausging.

In der Nähe stand ein Bildstock, vor welchem eine
Lampe brannte. Als ich das Licht erblickte, fiel mir
eine Begebenheit ein, die sich etwas früher hier zugetra=
gen hatte. Jeden Abend kam bei dem Bildstock ein
Schäfer mit leeren Schläuchen vorbei, die den nächsten
Morgen mit Milch gefüllt werden sollten. Wenn er nun
an diese Stelle kam, so hatte er gar kein Bedenken, die
Lampe herabzunehmen, um sich seine Cigarre bei ihr an=
zuzünden. Eines Abends — es war an dem vor dem
Allerseelentage — hatte er auch, wie gewöhnlich, die
Lampe herabgenommen, allein sie gab ihm kein Feuer
für seine Cigarre, sondern erlosch. Das befremdete ihn,
denn es war ein stiller Abend und es rührte sich kein
Wind.

Er brachte die Lampe wieder an ihren Ort und ging
seines Weges weiter; allein wie groß war sein Erstaunen,

alð er ſich einmal umbrehte und die Lampe heller wie
je brennen ſah. Darin erkannte er einen heiligen Wink
Gottes, er beklagte und bereute ſein unehrerbietiges Be=
nehmen und gelobte, Buße zu thun und ſein Lebelang
keine Cigarre mehr anzuzünden. Und, meine Herren,"
fügte Pedro mit ernſter Stimme hinzu, „er hat ſein Ge=
lübbe erfüllt."

Pedro machte eine Pauſe, die Keiner zu unterbrechen
wagte.

„Hier kann man auch ſagen," meinte Maria nach
einer Weile, „wenn Alle auf einmal ſo ruhig ſind, daß
ein Engel über uns hinweggeflogen iſt und der Schwung
ſeiner Flügel uns achtungsvolles Schweigen geboten hat."

„Wohlan, Oheim Pedro, fahren Sie fort," ſagten
die Fuhrleute; „vorwärts, und kommen wir zur Sache."

„Nun, meine Herren," fuhr Pedro in ſeinem frühern
muntern Tone fort, „ich ſage Ihnen, daß mir dieſes
Lämpchen große Achtung und etwas Furcht einflößte.
Iſt es auch gut gethan, dachte ich bei mir, hier verliebtes
Zeug zu flüſtern, angeſichts der abgeſchiedenen Seelen,
die da leiden und geſühnt werden ſollen? Ich gebe Ih=
nen mein Wort, daß mir die heilige Flamme, welche zur
Ehre der Verſtorbenen brannte, Achtung gebot; denn die
Lampe war dem Herrn dargebracht; ſie ſchien die Erin=
nerung zu beleben, zu wachen und mich zu tadeln. Manch=
mal ſah ſie ſo niedergeſchlagen und betrübt wie das

De profundis aus; dann wieder glich sie dem Auge eines Verstorbenen, welches auf mich gerichtet war; oftmals flackerte sie auf und ich glaubte dann einen mich mit dem Fegefeuer bedrohenden Finger zu erblicken.

Eines Abends, da mir die Lampe mehr wie je zu drohen schien, wurde mir von unsichtbarer Hand mit solcher Gewalt ein Stein an den Kopf geschleudert, daß ich wie betäubt war; ja, ich war so betäubt, daß es mir, obgleich ich so zu sagen auf ebenem Felde ausrieß, wie jenem unglücklichen Neger erging, der drei Thüren hatte und keine finden konnte; denn ich verfehlte auf der Flucht mein Haus und stürzte in eine Grube."

„Oheim Pedro," sagte einer der Anwesenden, „ich höre da immer von diesem unglücklichen Neger reden und ich habe nicht herauskriegen können, woher er den Beinamen erhalten hat. Können Sie mir es vielleicht sagen?"

„Wie sollte ich nicht!" versetzte der Oheim Pedro, „es ist ja allbekannt. So wissen Sie denn, daß es einmal einen reichen Neger gab; der wohnte einem Prachtweib gegenüber, in das er sich verliebte. Das Prachtweib ärgerte sich über die Schmeicheleien und Zärtlichkeiten des albernen Wichtes und berichtete Alles ihrem Mann. Dieser sagte ihr, sie sollte ihn auf denselben Abend bestellen. Das that sie, und der Neger kam richtig mit einer großen Menge von Geschenken an. Sie empfing ihn höchst artig in einem Besuchzimmer mit drei Thüren, in welchem ein großes Mahl bereitet stand. Allein kaum hatten sie sich zu Tisch gesetzt, so löschte sie das Licht aus und der Mann kam mit einer Peitsche herbei, mit welcher er den Rücken des Negers zu bearbeiten begann. Dieser gerieth dergestalt außer Fassung, daß er keine Thür auffand, um entfliehen zu können; bei jedem Streich, den er empfing, sprang er in die Höhe und rief:

Armes Negerchen, was für ein Unglück!
Hast hier drei Thüren und kannst keine finden.

Endlich fand er denn doch eine und riß aus wie der Wind, aber der Mann war hinter ihm her und warf ihn die Treppe hinunter. Bei diesem Lärm erhob sich ein Diener und fragte, was das zu bedeuten hätte. — Was soll es bedeuten, versetzte der Neger:

Auf Fußspitzen hinauf ganz munter,
Auf den Rippen aber nun hinunter.»

„Oheim Pedro,» sagte der Fuhrmann und lachte, „also deßhalb kamen Sie beide auseinander?»

„Nein,» erwiederte Pedro, „acht Tage darauf waffnete ich mich mit Muth und kam wieder zum Gitter, allein Maria öffnete ihr Fenster nicht.»

„Die Tante Maria,» meinte der Fuhrmann, „wollte nicht, daß Sie wie der heilige Stephan zu Tode gesteinigt werden sollten.»

„Das war nicht der Grund, mein Bursche," versetzte
Pedro; „sondern daß Miguel Ortiz, nachdem er seine
Zeit gedient hatte, die Uniform auszog und nach dem
Dorfe zurückkehrte. Maria hielt es nun für gut, den
einen Heiligen auszuziehn, um den andern zu bekleiden,
der . . ."

„Keine Furcht hatte," unterbrach ihn Maria, „um
mit einem Mädchen, auf das er redliche Absichten hatte,
in der Nähe eines Bildstocks zu reden. Glauben Sie
etwa, daß all jene Seelen, derentwegen die Lampe brannte,
unverheirathet gewesen waren?"

„Ich glaube es, Maria, denn die Verheiratheten
machen das Fegefeuer schon auf dieser Welt durch, den
Männern bereiten es die Weiber, den Weibern die Kin=
der. Wie die Hochzeit stattfand, meine Herren, konnte
ich es in Dos=Hermanas nicht aushalten und machte
mich fort nach Alcala."

„Und dort hat er mich in solchem Andenken bewahrt,"
fügte Maria hinzu, „daß er als Mann einer Andern
zurückkehrte."

„Das hat seine Richtigkeit," bestätigte Pedro, „denn
ich habe immer gedacht: der König ist todt, es lebe der
König!"

„Na, Pedro, ewiger Schwätzer, ich dächte, wir reisten
weiter," sagte Maria und stand auf.

„Ja, ja, vorwärts!" meinte Pedro, „die Sonne sticht,

wie dann, wenn sie von den Wolken verscheucht wird, und ich glaube, daß wir Regen bekommen.“

„Das wolle der Himmel verhüten!“ rief Maria. „Mein Gott, ich habe genug daran, daß Sonne und Wespen mich stechen.“

„Wie kann es denn jetzt, da wir im März sind, reg=nen?“ fragte der Fuhrmann.

„Weißt Du denn nicht, José,“ versetzte der Oheim Pedro, „daß der Januar dem März ein Lamm versprach; wie aber der März herankam, waren die Lämmer so fett und so schön, daß er sein Versprechen nicht erfüllen mochte. Da sagte der März zornig:

Noch drei Tage sind mir übrig,
Und drei wird mir leihen mein Gevatter April,
Damit geht's in deine Schafe,
Daß du meiner gedenken wirst.“

„Also gehen wir. — Leben Sie wohl, meine Herren.“

„Welche Eile, Tante Maria!“ meinte Einer. „Fürch=ten Sie, hier Wurzeln zu schlagen?“

„Nein; aber unsere Eselinnen laufen nicht wie Deine Esel, José.“

„Das ist wahr,“ sagte Pedro, während er Maria beim Aufsteigen half; „bei uns ist Alles alt: das Edel=fäßchen, der Schildknappe und die Reitthiere. Meine Eselin ist so duslich, daß sie nicht weiß, auf welchem Bein sie hinken soll, denn sie hinkt auf allen vieren, und die der Maria ist so alt, daß sie, wenn sie reden könnte, uns alle duzen würde. Na, ich empfehle mich Ihnen, meine Herren."

„Gesundheit und Peseten, Oheim Pedro."

Unsere Reisenden kamen glücklich in Alcala an; hier trennten sie sich, da Jedes seinen Geschäften nachzugehen hatte. Nach einer Stunde trafen sie wieder zusammen. Pedro wurde von seiner Tochter begleitet. Diese umarmte Maria mit der den Nonnen und Kindern, also solchen Wesen eigenthümlichen Zärtlichkeit, deren Herz nicht durch die Berührung mit der Gesellschaft erdrückt, verwundet oder erkältet wurde. Maria überschüttete sie mit Liebkosungen.

„Habt Ihr was bekommen?" fragte Pedro schelmisch.

„Man hat mir," versetzte Maria, „die Hälfte jetzt oder das Ganze zur Zeit der Ernte zahlen wollen, und da ich meine Cuarto's bedurfte, so habe ich das Erstere vorgezogen."

„Ihr seid ein Salomon, Maria, ein Salomon! Glücklich ist wer besitzt, und ein Vogel in der Hand ist besser als hundert, die da umherfliegen."

Pedro ließ seine Tochter hinter sich aufsitzen und sie machten sich auf den Weg, wobei Maria ihr Geld, Marcela die eingemachten Sachen, die Blumen, Kuchen und süßen Tränkchen, die sie als Geschenk mitnahm, und Pedro Beide nicht außer Acht ließ.

Sechstes Kapitel.

Die Ankunft der Marcela erregte bei Allen große
Freude, nur Rita konnte oder wollte die üble Laune über
die Gegenwart derjenigen nicht verbergen, die beide Familien Perico zur Frau bestimmt hatten. Rita nöthigte
Perico, sich gehässig und kalt gegen Marcela zu benehmen, der erste Reif, der in den Frühling dieser reinen
Seele fiel.

Marcela ahnte die uneblen und erbitterten Gefühle
Rita's nicht; sie hätte dieselben überdies gar nicht begreifen können, denn obschon sie ein erwachsenes Mädchen war, besaß sie doch die Seele eines Kindes. Da
sie von ihrer Geburt an im Kloster gelebt hatte, war es
ihr nur möglich gewesen, sich in einem beschränkten
Kreise eine angenehme Existenz zu schaffen, in einem
Kreise, den die Interessen und Leidenschaften der Welt
nur auf Kosten des Glücks und der Unschuld erweitern.
Sie liebte ihre guten Nonnen; ihr Garten, ihre ruhigen
und friedlichen Beschäftigungen waren ihre Freude; sie
war ihren Andachtsübungen, ihrer Kirche, ihren heiligen
Bildern ergeben. Sie wollte Nonne werden nicht aus
religiöser Begeisterung, sondern aus religiösem Behagen,
nicht aus Menschenhaß, sondern mit fröhlichem Herzen,
nicht weil es ihr in der Welt an einer passenden Stel-

lung fehlte — was, wie so Viele glauben, der Grund ist, den Schleier zu nehmen —, sondern weil sie grade diese Stellung in ihrem Kloster fand.

Das wollen Viele nicht begreifen oder sie thun wenigstens so, als ob sie es nicht vermöchten. Man begreift Alles in der Welt, alle Laster, alle Unregelmäßigkeiten, den rohesten Geschmack, selbst den der Menschenfresser — ein ruhiges, zurückgezogenes Leben ohne Sorge für die Gegenwart und Zukunft erscheint als eine Unmöglichkeit. Man glaubt in der Welt an Alles, an die freie Frau, an die Moralität des Raubes, an die Philanthropie der Guillotine, man glaubt an die Mondbewohner und an andere Puffs, wie die Engländer, an Canards, wie unsere Nachbaren, oder an Lügen und Mährchen, wie wir dergleichen zu bezeichnen pflegen. Alles glaubt in seinem Leichtsinn der skeptische Satyr, Welt genannt, denn nichts ist gläubiger, als der Unglaube, nichts abergläubischer, als die Irreligion. Aber man glaubt nicht an ein reines Herz, an bescheidene Wünsche, an demüthige Seelen, an religiöse Gefühle; das Alles hält man für unmöglich, sein Vorhandensein ist ein Puff, ein Canard, eine unstatthafte Lüge; unser Minotaurus kann trotz seiner Gefräßigkeit dergleichen nicht verschlucken. Diejenigen Philosophen, welche die Führer der öffentlichen Meinung sind, betrachten eine Nonne entweder als ein Schlachtopfer oder als ein

Monstrum, welches sich den Gesetzen der Natur und ihren geheiligten Trieben entzieht. Freilich, Eure geheiligten Triebe sind edel und erhaben, denn sie erzeugen die freie Frau und verleugnen das fromme, unterwürfige und keusche Weib.

Behaltet Eure ruchlosen und zerstörenden Grundsätze für Euch, denn in Spanien ist die Einsicht noch nicht so stumpf, um sich täuschen, die Herzen sind noch nicht so unedel, um sich verführen zu lassen.

Den ersten Ausgang machte Marcela in Begleitung von Anna und Elvira nach der Kirche und nach der Kapelle der Schutzheiligen des Dorfes. Das gute Weib des Küsters beeilte sich, ihnen zu öffnen. Die Kapelle war lang und schmal. Im Hintergrunde befand sich der Altar mit dem Bilde der Heiligen. In einem in den Altar eingefügten Glasschranken erblickte man ein hölzernes Kreuz und ein Glöckchen.

Das Bild der heil. Anna war sehr alt; es erweiterte sich nach unten in Gestalt einer Glocke. Auf der Brust hatte es das Bild der heil. Jungfrau und dieses wieder das Bild des Jesuskindes. Das Ganze trug das Gepräge hohen Alterthums sowohl hinsichtlich der Form als des Gedankens, und dies verlieh der ihm dargebrachten Verehrung Flügel, um sich von der Gegenwart losmachen und sich über dieselbe erheben zu können.

An der Wand zur Rechten waren zwei große Ge-

mälde aufgehängt. Auf dem einen sah man zwei Mäd=
chen, denen ein Engel erschien, auf dem andern diesel=
ben mit einem Manne, der in einer einsamen Gegend
den Boden aufgrub.

Zur Linken schirmte ein eisernes Gitter den Eingang
zu einer Höhle, in die man auf einer kleinen Treppe
hinabsteigen konnte.

Nachdem Marcela und deren Begleiterinnen ihre An=
dacht verrichtet hatten, setzten sie sich in einer Laube auf
niedrige Stühle, welche die Küsterin herbeigebracht hatte,
und Marcela bat die gefällige Frau, ihnen zu erzählen,
was die Bilder in der Kapelle zu bedeuten hätten. Die
gute Alte liebte es, Geschichten zu erzählen, und holte
weit aus, indem sie folgendermaßen begann:

Die volksthümliche Chronik von Dos-Hermanas.*)

In unvordenklichen Zeiten herrschte in Spanien Don
Rodrigo, ein zügelloser Mensch. Damals war es Sitte,

---

*) Die Person, welche dies schreibt, hörte selbst diese Erzäh=
lung aus dem Munde jener Frau und zeichnete sie mit denselben
Ausdrücken und eigenthümlichen Worten auf, ohne etwas hinzu=
zuthun oder hinwegzulassen. Allerdings ist der Inhalt allgemein
bekannt, allein für denjenigen, welcher die Eigenthümlichkeit des
Volks studirt, ist es höchst interessant, zu sehen, wie klar und

daß alle Großen des Reichs ihre Töchter an den Hof
sandten. Nun begab sich's, daß der edle Graf Don
Julian seine schöne Tochter Florinda dahin schickte, die
unter dem Namen die Cava bekannt war. Als der
König sie sah, entbrannte er in Liebe zu ihr; allein sie
war tugendhaft, wie das ihrem Adel geziemte, und der
König konnte nur mit Gewalt erreichen, was ihm frei=
willig nicht gewährt wurde. Wie sich die schöne Flo=
rinda entehrt sah, schrieb sie mit ihren Thränen und mit
ihrem Blut einen Brief an den abwesenden Grafen, in
welchem stand:

Vater, Ihre Ehre und die meine ist geschändet. Für
Sie und für mich wäre es besser gewesen, wenn Sie
mich getödtet und nicht hierher gesandt hätten. Rächen
Sie sich und rächen Sie mich.

Als der Graf Julian den Brief gelesen hatte, fiel er
in Ohnmacht, und wie er wieder zu sich kam, schwur er
auf das Kreuz seines Degens, eine solche Rache zu neh=
men, von der man dereinst reden sollte wie von keiner
andern, und die der Schmach angemessen wäre. Zu dem
Ende verhandelte er mit den Mauren und überlieferte
ihnen Tarifa und Algesiras. Wie ein angeschwollener

---

deutlich es die Thatsachen erfaßt, den Adel, mit dem es sie er=
zählt, und vor Allem das religiöse Gefühl, das aus ihnen her=
vorleuchtet.

Strom, der seine Dämme durchbricht, überschwemmten die Mauren Andalusien.

Sie kamen nach Sevilla, damals Hispalis genannt, und an diesen Ort, der zu jener Zeit Oripo hieß. Bevor die Christen sich auf die Flucht begaben, verbargen sie das verehrte Bild ihrer Schutzheiligen in der Erde. In dieser verblieb es fünfhundert Jahre, bis sich der heilige König Fernando zum Herrn des Landes machte, die Mauren vertrieb und in die Nähe von Sevilla kam. Hier leisteten jedoch die Mauren einen so tapfern Widerstand, daß der Muth des heiligen Königs zu sinken begann. Da erschien ihm in seinen Träumen in dem jetzt verfallenen Thurm von Dos-Hermanas Unsere Liebe Frau, feuerte seine Tapferkeit an und verhieß ihm den Sieg. Mit erkräftigtem Muth begab sich der heilige König wieder zu seinem Kriegsheer nach Alcala. Er ließ alle Künstler kommen, die nur ausfindig zu machen waren, und befahl ihnen, ein dem im Traume gesehenen durchaus ähnliches Bild anzufertigen; aber keiner konnte damit zum Ziel kommen, was den König auf's Höchste betrübte.

Darauf stellten sich ihm zwei schöne Jünglinge in Pilgrimstracht vor und machten ihm das Anerbieten, das Bild ganz so zu verfertigen, wie der heilige König es gesehen hätte. Der ließ sie in eine Werkstatt bringen, in welcher sie alles zu ihrem Vorhaben Erforderliche

antrafen, und als am folgenden Tage der König, von
seiner Ungeduld getrieben, nach dem Gemach ging, um
zu sehen, wie weit die Fremden vorgeschritten wären, da
waren sie verschwunden. Alles, was zur Anfertigung des
Bildes nöthig war, lag unberührt auf dem Boden, auf
einem Altar aber sah man das Bild der Jungfrau ganz
so, wie die Mutter Gottes dem König in seinen Träu=
men erschienen war. Nun merkte der König, daß es
Engel gewesen wären; er warf sich zu Boden, vergoß
Thränen vor dem von ihm so sehr ersehnten Bilde, wel=
ches ihm die Königin der Engel durch diese selbst zuge=
sandt hatte.

Nach der Eroberung Sevilla's durch den heiligen
Heerführer befahl er, die Jungfrau auf einen Triumph=
wagen zu stellen, der von sechs weißen Rossen gezogen
wurde; baarfuß folgte der König hinterdrein und brachte
das Bild in den heiligen Tempel der Kathedrale, wo
man es unter dem Namen: „Unsere liebe Frau von den
Königen" verehrt und verehren wird bis an's Ende der
Zeiten. In deren Kapelle und zu ihren Füßen ruht die
Leiche des heiligen Königs. Das sind Reliquien, um
die ganz Spanien neidisch werden könnte.

Kurz nach dieser Begebenheit rüstete sich der große
König zu einem andern Angriff, denn groß war sein
Vertrauen auf die Hülfe des Himmels. Seine tapfern
Schaaren lagerten auf dem benachbarten Hügel von

Buena=Vista; hier streckten sie sich zu beiden Seiten wie
zwei Arme aus, gewärtig der Befehle. Es waren aber
die Truppen dermaßen erschöpft durch Hitze und Durst,
daß es ihnen an aller Kraft und an allem Muth man=
gelte. In dieser traurigen Lage errichtete der heilige
König einen Altar von Waffen und stellte darauf ein
Bildniß der Jungfrau, das stets am Bogen seines Reit=
sattels hing. Hilf mir, hilf mir, Sennora, sagte er.
Wenn ich heute vermittelst Deines Beistandes das Kreuz
in Sevilla aufrichte, so gelobe ich, Dir hier eine Kapelle
zu erbauen und in ihr zu Deinen Füßen die Fahnen
niederzulegen, mit denen Sevilla erobert wird.

In demselben Augenblick entsprang am Fuß des Hü=
gels eine schöne Quelle mit sieben Oeffnungen, die auch
heut noch fließen. Die Quelle heißt die Königsquelle
bis auf diesen Tag.

Menschen und Pferde erquickten sich, kamen wieder
zu Kräften, Sevilla wurde eingenommen und der mau=
rische König Aixa ging dem heiligen Eroberer barfuß
entgegen, um ihm auf goldenem Teller die Schlüssel der
Stadt zu überreichen, die man noch heut im Schatz
und unter den Reliquien der Kathedrale aufbewahrt.*)

---

*) Alle diese Einzelnheiten sind geschichtlich. Viele gehen be
den Trümmerresten der Kapelle vorüber, von der wir im Ein=
gange sprachen, ohne ihren Ursprung zu ahnen. Als dieselbe

In diesen Zeiten, fuhr die Erzählerin fort, lebten in der Provinz Leon zwei fromme Schwestern, Namens Elvira und Estefania. Denen erschien ein Engel und sagte ihnen, sie sollten sich aufmachen, um ein Bild Unserer Lieben Frau auszugraben, welches Christen unter der Erde verborgen hätten.

Der Vater der heiligen Jungfrauen wollte sie begleiten; als sie aber von dannen zu ziehen gedachten, geriethen sie darüber in große Verlegenheit, welche Richtung sie einzuschlagen hätten. Da vernahmen sie in der Luft den Ton eines Glöckchens, ohne desselben ansichtig zu werden. Sie folgten daher dem Tone, bis sie an diesen Ort gelangten, wo er sich unter der Erde verlor.

Dieser Ort hier war damals ödes Land, ein dichtes Dorngebüsch, welches man den widerspenstigen Fleck nannte;

---

einzustürzen drohte, entstand ein Prozeß zwischen der Kathedrale und dem Dorfe Dos-Hermanas, um festzustellen, wer die in ihr enthaltenen Reliquien beanspruchen könne. Da die Kapelle in der Mark von Dos-Hermanas errichtet war, so gewann das Dorf den Prozeß. Das Bild, bekannt unter der Bezeichnung der Jungfrau von Varmen — abgeleitet von dem Ausruf des Heiligen: Hilf mir (valedme) — ebenso wie die Fahnen wurden mit großem Pomp nach dem Dorfe gebracht, wo sie weder von den Gelehrten, noch von Alterthumsfreunden, noch von den Reichen, ja nicht einmal von den Neugierigen einiger Beachtung gewürdigt worden, wo ihnen aber die Armen Verehrung erweisen.

denn die Mauren, welche bald alles Land ringsumher
anbauten, konnten den widerspenstigen Fleck nicht aus=
reuten, da ein Engel vor demselben mit dem Schwert
in der Hand Wache hielt.

Mit Eifer begannen die Drei nun nachzugraben;
bald kamen sie auf eine Steinplatte, und als dieselbe
aufgehoben worden war, öffnete sich der Eingang zu
einer Höhle, und zwar zu derselben, die man in der
Kapelle erblickt. In dieser Höhle fanden sie das Bild
der Heiligen, ein Kreuz und das Glöckchen, welches sie
gleich dem Sterne der heiligen drei Könige hierher ge=
leitet hatte; auch eine Lampe, die noch brannte und auch
heut das Bild der Heiligen erleuchtet, da sie vor dem
Altar, auf welchem sich das Bild befindet, hingehängt
ist; so brennt sie denn bereits länger denn tausend Jahre
zur Verehrung der Heiligen.

Sie nahmen Alles heraus und erbauten eine Kapelle.
Unter dem Schutz derselben erhoben sich Häuser; deren
wurden nach und nach immer mehrere, bis ein Dorf
entstand, welches zum Andenken an seine Gründer den
Namen der zwei Schwestern (Dos=Hermanas) erhielt.
Seht, fuhr die Küsterin fort, während sie aufstand und
wieder in die Kapelle ging, seht das Bild, welches durch
nichts verdorben werden konnte, weder durch die Feuch=
tigkeit des Bodens, noch durch den Staub in der Luft,

noch durch den Zahn der Zeit. Auf diesen Platten hier
sind die frommen Schwestern dargestellt."

Zu beiden Seiten des Altars waren eine große Menge
Exvoto's aufgehängt.

Die Aufmerksamkeit Marcela's wurde besonders durch
sieben kleine silberne Beine in Anspruch genommen, die
an einem Rosaband mit einer Schleife hingen.

„Was bedeutet diese Opfergabe?" fragte sie die Kü=
sterin.

„Die hat," lautete die Antwort, „Marcos, der
Schmied, hierher gebracht. Der Unglückliche bekam eines
Tages plötzlich so heftige Schmerzen im Bein, daß er
nicht leben, nicht sterben konnte. Seine arme Frau
wandte zunächst alle nur möglichen Mittel an und brachte
ihn dann auf einem Wagen nach Sevilla; allein auch
hier wußten die Aerzte nichts ausfindig zu machen, um
seinen Schmerz zu lindern.

Alles, was der Unglückliche und seine Frau besaßen,
war bereits auf seine Pflege darauf gegangen; da wollte
er eines Tages schier ob seiner Schmerzen und ob des
Geschrei's seiner Kinder verzweifeln, denn diese wollten
Brot haben und er konnte ihnen keines geben. Allein
er erhob sein zerrissenes Herz zu Gott und nahm zur
Fürsprecherin unsere Schutzheilige; die flehte er mit In=
brunst an, daß sie ihm so lange, als die Kinder seiner
doch bedürften, Gesundheit schenken möchte. Wenn

meine Kinder mich nicht mehr nöthig haben, Heilige
mein, sagte er, will ich gern sterben. Erlange ich bis
dahin durch Deine Fürsprache meine Gesundheit wieder,
so gelobe ich Dir, gebenedeite Heilige, alljährlich an
Deinem Altar ein kleines silbernes Bein aufzuhängen,
damit es das Wunder bezeuge. Am folgenden Tage
kam Marcos auf seinen eigenen Füßen daher, um der
Heiligen seinen Dank darzubringen.

Jahre vergingen; die Kinder des Marcos waren her-
angewachsen und verdienten sich ihr Brot; nur ein Mädchen war noch bei ihm im Hause. Diese Tochter hatte
einen Geliebten, der beim Vater um sie anhielt. Die
Hochzeit wurde mit aller Fröhlichkeit gefeiert, allein Marcos war in sich selbst versunken. Am folgenden Tage
fühlte er sich unwohl und legte sich nieder, um nicht
wieder aufzustehen. Um was er gebeten hatte, war ihm
bewilligt worden. Sein Tagewerk war vollbracht."

„Und diese Aehren?" fragte Marcela, als sie ein
Büschel derselben erblickte, welches an einem blauen
Bande aufgehangen war.

„Sie wurden," versetzte die Küsterin, „von Petrola,
dem Weibe des Gomez, hierher gebracht.

Diese armen Leute besaßen nichts weiter, als den
Tagelohn des Vaters, um acht Kinder zu ernähren.
Da war es ihnen möglich geworden, ein kleines Stück
Land zu besäen. Auf dasselbe setzten sie alle ihre Hoff-

nungen; auf daſſelbe ſchauten ſie wie nach einem Spie=
gel, und mit vollem Recht, denn das Land bewies
ſich ihnen dankbar; es gedieh die Ausſaat ſo üppig, daß
man hätte glauben mögen, ſie hätten ſie mit Weihwaſ=
ſer bewäſſert.

Eines Tages kam die Nachbarin vom Felde und
meldete, daß in dem Weizen der Petrola die Heuſchrecken
wären, die Heuſchrecken, eine der ägyptiſchen Plagen.
Ein Blitz vom Himmel hätte die Unglückliche nicht mehr
erſchrecken können. Sie eilte entſetzt hinaus, ohne zu
wiſſen, was ſie that. Haus und Kinder ließ ſie im
Stich und ſchrie mit weitgeöffneten Armen: Heilige
Anna! Heilige Anna! das iſt das Brot meiner Kinder!
das Brot meiner Kinder!

Sie kam zum Ackerfeld und ſah die Verwüſtung der
Heuſchrecken, die den Weizen unten abbeißen und keine
Spur von ihm übrig laſſen. Aber wo ihr Saatſtück
begann, da ſchien ſich eine unſichtbare Mauer erhoben
zu haben, um den Weizen der frommen Mutter zu be=
ſchützen, welche die Heilige angerufen hatte. Ihr könnt
Euch das Entzücken und die Dankbarkeit der guten Frau
denken; da ſie jedoch ſo arm war, ſo konnte ſie nichts
weiter thun, als dieſe Aehren der Heiligen darbringen.”

Anna, Elvira und Marcela hatten der Küſterin mit
inbrünſtig andächtigem Herzen und feuchten Augen zu=

gehört. Mit ähnlichen Gefühlen ist die Erzählung zu Papier gebracht worden; gebe Gott, daß sie mit denselben auch gelesen werde.

Siebentes Kapitel.

Es lächelte der Mai; ihn vergoldet die Sonne, ihn belebt der Gesang der Vögel und das Gesumme seiner Tausende von Insekten, ihn durchdusten die Blumen; er ist so heiter urd so freundlich, weil er der glücklichste unter allen Monaten ist, da er Maria geweiht wurde.

Der Hochzeitstag von Ventura und Elvira war gekommen und an diesem Tage ging die Sonne so strahlend auf, wie ein Freund, der sich beeilt, um als Erster seine Glückwünsche darzubringen. Sie waren im Begriff, zur Kirche zu gehen. Anna drückte die Tochter an ihr Herz, die sie so sehr liebte, die sanfte Elvira, so demüthig und so bescheiden in ihrem Glück, die ihr Haupt senkte, als wäre es ihr zu schwer, und die Augen, als wären sie geblendet. Oheim Pedro war lustiger, wie er es je in seinem Leben gewesen, und übertraf sich selbst in Späßen und Witzen. Maria, über ihre und aller Andern Freude entzückt, vergoß Thränen ohne Ende; den Wassertropfen gleich, die zuweilen vom heitern Himmel herabfallen und in den Strahlen der Sonne wie

Diamanten erglänzen, so glitten die Thränen am lächeln=
den Antliß Mariens herab.

„Meine Schwester," sagte Marcela zu Elvira, „nach
meinem Bräutigam, dem süßen Jesus, ist der Deinige
der beste und vollkommenste. Siehe Dir meinen Ven=
tura an, wie schön er aussieht. Hielte er einen Lilien=
stengel in der Hand, so gliche er dem heil. José, wie
man ihn auf den sein Eheverlöbniß darstellenden Bil=
dern sieht."

Und sie hatte Recht, wenn sie ihren Bruder so pries;
denn Ventura, hübsch und reich gekleidet, munterer und
froher wie je, mit seiner Eile, den Weg nach der Kirche
anzutreten, hätte einem Bildhauer als Modell des Achil=
les dienen können.

Perico vergaß Rita und betrachtete mit seinen gro=
ßen, braunen Augen und mit unaussprechlicher Liebe seine
Schwester.

Rita sah gleichgültig und verdrüßlich aus.

Melampo schien sagen zu wollen: wie viel Lärmen
um nichts! und ging fort, um unter dem Orangenbaum
zu schlafen. Dieser schüttelte alle seine Blumen, als
wollte er mit ihnen den Pfad der Braut bestreuen.

Eben wollten sie hinaustreten, als sie ein seltsames
Geräusch vernahmen: es schienen sich das Gebrüll des
beängstigten Stiers, die Klage der verwundeten Hirsch=

kuh und die Donnerstimme der Ueberraschung des im
Schlaf verwundeten Löwen miteinander zu vermengen.

Bald erfuhr man die Ursache: Schaaren von Flücht=
lingen langten mit Wuthgeschrei an, und Entsetzen und
Unwillen der Dorfbewohner, die sich ihnen zu folgen
rüsteten, machten sich gleichfalls lärmend Luft.

Die Franzosen, welche mit Riesenschritten in Sevilla
eingerückt waren, verfolgten ihren verheerenden Marsch
nach Cadir.

Perico hatte dies schreckliche Ereigniß vorhergesehen
und deßhalb seiner Familie auf einem fernab von allem
Verkehr gelegenen Vorwerk eine Zufluchtsstätte eingerich=
tet, hielt auch die Reitthiere in den Ställen für diesen
Fall in steter Bereitschaft.

Während die Männer nach dem Hofe eilten, um die
Thiere herauszuholen, brachten die bestürzten Frauen den
Hausrath, die Kleider und dergleichen herbei, banden
alles zusammen oder packten es in mächtige Körbe.

„Was für ein schlimmes Vorzeichen, Ventura!" sagte
Elvira; „der Tag, der uns verbinden sollte, trennt uns."

„Nichts kann uns trennen, Elvira," versetzte der
Bräutigam; „Kampf mit Allen, die ihn haben wollen.
Ziehe in Frieden. Wir lassen den Feind hier vorüber
und holen Euch auf dem Wege dann noch ein."

Ventura sah sie unter Perico's Schutz von dannen

ziehen und kehrte erst nach seinem Hause zurück, als er sie aus dem Gesicht verloren hatte.

Bereits hörte man am Eingang des Dorfes den Unglück verheißenden Ton der Trommeln, welche die Ankunft der furchtbaren Schaaren verkündeten. Diese stürzten sich über das arme, erschrockene Volk, welches sie wie Sklaven behandelten.

Sie erschienen im Namen jenes ungerechten Angriffs, dessen Vorgänge barbarischen Zeiten angehören, während der gegen ihn gerichtete Widerstand, an dem er ruhmlos und schmachvoll zerschellte, an die heroischen Zeiten erinnert.

„Folgt mir, Vater," sagte Ventura, „Schwester, komme, laßt uns fliehen."

„Es ist zu spät," versetzte Pedro, „sie sind bereits hier; aber Du, Ventura, verbirg Du dich und deine Schwester; in der Nacht flüchten wir dann; aber jetzt verbergt Euch schleunigst."

„Und Ihr, Vater?" fragte Ventura, der zwischen der Nothwendigkeit und dem Widerwillen, sich verbergen zu müssen, schwankte.

„Ich," entgegnete Pedro, „bleibe hier. Was können sie mir armen Manne thun? Geht, gehorcht! Versteckt Euch! Marcela, Du bist so kalt und so unbeweglich wie eine Bildsäule; was willst Du noch hier? Ventura, Du rührst dich nicht, woran denkst Du denn? Willst Du

dich, willst Du deine Schwester in's Verderben bringen?
Ventura, mein Sohn, willst Du mich tödten?"

Dieser Angstruf des Vaters erweckte Ventura aus
der Erstarrung, in die ihn Unschlüssigkeit, Erstaunen und
Wuth versetzt hatten.

„Ich soll mich wie ein Weib verstecken, Vater?"
murrte er mit geballten Fäusten und zusammengepreß=
ten Zähnen; „da muß ich mich ja mein Lebelang
schämen!"

Hierauf nahm er eine Leiter und lehnte sie an eine
Oeffnung in der Decke, vermittelst welcher man zu einer
Dachkammer gelangte; hier wurden Sämereien und altes
Gerümpel aufbewahrt. Er ließ seine Schwester hinauf=
steigen, folgte ihr nach und zog die Leiter hinter sich
hinauf.

Es war die höchste Zeit, denn schon klopfte man an
die Hausthür. Pedro öffnete und ein französischer Gre=
nadier trat herein.

„Bringe mir," sagte er zu Pedro in gebrochenem
Spanisch, „bringe mir zu essen und zu trinken; gieb mir
Dein Geld, wenn Du nicht willst, daß ich es mit Ge=
walt nehme, und rufe Deine Töchter, wenn Du nicht
willst, daß ich sie suchen soll."

Das Blut stieg dem ehrenwerthen, stolzen Spanier
in's Antlitz; jedoch antwortete er mit Selbstbeherrschung:

„Ich habe nichts von dem, was Ihr verlangt."

„Was willst Du damit sagen, daß Du nichts hast, Räuber? Weißt Du nicht, mit wem Du sprichst? Weißt Du nicht, daß ich Hunger und Durst habe?"

Pedro hatte gedacht, den Hochzeitstag seines Soh=nes im Hause Anna's zu verleben und hatte daher nichts zur Hand. Er ging deshalb nach der Thür, durch welche man in das Innere des Hauses gelangte, und indem er mit der Hand auf den leeren Heerd wies, sagte er:

„Ich habe Euch bereits gesagt, daß es nichts zu essen giebt als Brot."

„Du lügst," schrie der Franzose wüthend, „das ist bloß böser Wille."

Pedro richtete seine Augen auf den Grenadier und für einen Moment blitzte aus ihnen all' die Erbitterung, all' der Zorn, all' der Unwille, die seine Seele barg; doch ein zweiter Gedanke machte ihn erbeben; er schlug sie nieder und sagte in besänftigendem Ton:

„Seht Ihr denn nicht, daß ich Euch die Wahrheit gesagt habe?"

Wie der Soldat diese hartnäckige, abschlägliche Ant=wort vernahm, näherte er sich Pedro, dessen Blick ihn bereits erbittert hatte, und sagte:

„Du wagst es, mir zu widersprechen? Du verwei=gerst mir hartnäckig, was Du mir zu geben verpflichtet bist? Und außerdem beleidigst Du mich durch Deine Ruhe, die mir zeigt, wie Du mich verachtest? Warte

nur, ich werde Dich wahrhaftig so sanft wie einen Hand=
schuh machen."

Er erhob die Hand und man vernahm im Zimmer
den lauten Schall einer Ohrfeige. Wie ein Adler sich
auf seine Beute stürzt, so sprang Ventura von der Dach=
kammer auf den Franzosen herab, riß ihm den Säbel
aus der Scheide und durchbohrte ihn mit demselben.
Eine entseelte Masse fiel der Grenadier zu Boden.

„Mein Sohn, mein Sohn, was hast Du gethan?"
rief der Alte, der die ihm widerfahrene Beleidigung über
der Gefahr seines Sohnes vergaß.

„Vater, meine Pflicht."

„Du hast Dich in's Unglück gebracht!"

„Nun, habe ich Euch nicht gerächt?"

„Fliehe, fliehe! Verliere keinen Augenblick!"

„Nicht eher, als bis dieser Schuldner fortgeschafft ist,
der Zahlung geleistet hat. Wenn man ihn fände, wür=
det Ihr statt meiner büßen müssen, Vater."

„Das thut nichts, das thut nichts," rief der Alte;
„rette Du dich, das ist jetzt das Wichtigste."

Ventura hörte nicht auf seinen Vater: er hob die
Leiche auf, belastete mit ihr seine Schultern und warf
sie in den Brunnen; dann kehrte er sich nach seinem
Vater um, der ihm in Todesangst gefolgt war, bat ihn
um seinen Segen, setzte mit einem Sprunge über die
Lehmwand des Hofes, der nach dem Felde hinaus lag,

und eilte von dannen. Der arme Vater bestieg den Stamm des Feigenbaums, hielt sich an dessen Aesten fest und sah mit gepreßtem Herzen, mit stieren Augen und mit athemloser Brust, wie sein Sohn, sein Abgott, gleich einem flüchtigen Hirsch die Strecke durcheilte, die das Dorf von den Olivenpflanzungen trennte, und unter den Bäumen verschwand.

Zweiter Theil.

Erstes Kapitel.

Der Oktober hatte die Tage verkürzt und der Winter klopfte mit seinen eisigen Fingern an die Thür. Es war die Stunde, in welcher die Landleute vom Felde zurück= kehren und die Sonne den letzten kalten Strahl auf die zu verlassende Erde wirft.

Perico ging gemächlich hinter seiner Eselin her; ihm folgte Melampo, der in würdevollem Aussehen mit sei= ner alten Freundin und Genossin wetteiferte: Sie erin= nerte sich noch immer mit Entsetzen der Ankunft der Franzosen, obschon seitdem sechs Jahre vergangen waren, denn bei dieser Gelegenheit hatte sie, als sie ihre Her= rinnen von dannen trug, sich zu einem wirklichen Ga= lopp anspornen lassen, wie er ihr in ihrem Leben noch nicht vorgekommen war. Hätte sie nur eine oberfläch=

liche Bekanntschaft mit ausländischer Literatur besessen,
wie sie jetzt bei so Vielen angetroffen wird, die da läu=
ten hören, aber nicht wissen wo, so würde sie gewiß Me=
lampo erklärt haben, daß das ungebändigte Füllen, auf
welchem man Mazeppa festband, eine Schnecke im Ver=
hältniß zu ihr gewesen wäre. Sie hatte sich noch immer
nicht von dieser Strapaze erholen können.

Wie sie nach ihrer Straße einbogen, liefen Perico
zwei hübsche kleine Kinder entgegen. Aber gerade wie
sie ankamen, läutete die Glocke feierlich zum Gebet.
Perico hielt an und nahm den Hut ab. Die Eselin und
der Hund waren seit Langem an den Klang gewöhnt;
sie blieben gleichfalls stehen und auch die Kinder rühr=
ten sich nicht.

Als der Vater sein Ave Maria beendet hatte, traten
die Kinder an ihn heran und sagten:

„Die Hand, Vater.“

„Gott lasse Euch gut werden,“ antwortete der Vater
und gab ihnen seinen Segen.

Hätte Jemand das breite, ehrenwerthe Antlitz Me=
lampo’s betrachten können, der sich niedergesetzt hatte
und mit ersichtlichem Interesse Augenzeuge dieser Scene
war, er würde auf diesem Antlitz das Wort Amen ge=
lesen haben.

Der Kleine, der vor Begierde brannte, vom Vater

auf die Eselin gesetzt zu werden, fragte diesen, weshalb man während des Gebetes stillstehen müßte.

„Erinnerst Du dich nicht an das, was die Tante Elvira gesagt hat?" erklärte seine Schwester Angelita. „Wenn diese der heil. Jungfrau geweihte Stunde schlägt, dann halten unsere Schutzengel aus Ehrfurcht an; würden wir da weiter gehen, so wären wir allein und ohne dieselben."

„Richtig, Schwester!" versetzte Angel und gab der Eselin, auf die ihn der Vater gesetzt hatte, keck einen Ruthenhieb, den zum Glück die Dulderin nicht merkte.

Sechs Jahre waren seit den von uns berichteten traurigen Ereignissen vergangen, die dadurch um so trauriger geworden waren, daß Marcela, die, in der Dachkammer verborgen, Zeugin der ihrem Vater widerfahrenen Beleidigung, der schrecklichen Rache ihres Bruders und der Flucht desselben gewesen war, den Verstand verloren hatte. Ventura, von dem ihnen keine Nachricht zugekommen war, wurde von Allen als todt beweint, trotzdem daß man Pedro aus Freundschaft und Elvira aus Liebe Worte des Trostes zusprach, die jedoch nicht als Worte der Ueberzeugung gelten konnten. Die Zeit jedoch, die Freude und Leid löst, wie das Wasser den Zucker und das Salz, hatte den Schmerz, wenn auch nicht minder herb, so doch erträglicher gemacht. Nur vernahm man aus dem Munde Pedro's statt der son-

stigen Witze und Späße oftmals den Ausruf: Mein
armer Sohn! mein armer Sohn!

Auf Elvira allein hatte die Zeit einen andern Ein=
fluß ausgeübt. Sie schwand dahin wie jene Himmels=
wölkchen, die, statt auf die Erde in tobenden Regengüs=
sen herabzustürzen, sich schweigend erheben und aus dem
Gesicht verlieren. Sie klagte nie, und der Name Ven=
tura, der Name dessen, den sie als den ihr von der
Kirche zu überweisenden Gefährten angesehen hatte, kam
nicht über ihre Lippen.

„Ein Wurm nagt an ihrem Leben,” sagte Anna zu
Perico. „Ihr seht es nicht; aber mir bleibt es nicht
verborgen.”

„Aber, Mutter,” versetzte dieser, „woher wißt Ihr es
denn? Klagt sie etwa?”

„Nein, mein Sohn, nein. Aber, Perico, die Mut=
ter versteht die stumme Tochter,” entgegnete Anna mit
tiefem Schmerz.

Rita und Perico waren glücklich, denn liebenden
Herzens, sanften Gemüthes und verträglichen Charakters
arbeitete er für ihr und sein Wohlergehen. Rita hatte
ein Jahr nach ihrer Verheirathung Zwillinge geboren.
Bei dieser Gelegenheit war sie dem Tode nahe gewesen
und sie verdankte ihr Leben nur der vortrefflichen Pflege
ihres Gatten und ihrer Familie. Lange Zeit blieb sie
schwächlich und kränklich; aber an dem Tage, an wel=

chem wir den Faden unserer Erzählung wieder anknüpfen, war sie vollständig wieder hergestellt und die Rosen der Gesundheit und der Jugend blühten schöner und üppiger wie je auf ihrem Antlitz. An jenem Abend waren sie Alle bei einander.

„Heilige Jungfrau,” sagte Maria, „was hatten wir gestern Nacht für ein furchtbares Ungewitter! Ich fürch= tete mich so sehr, daß das Bett mit mir zitterte und bebte. Ich besann mich auf alle meine Sünden und beichtete sie Gott. Ich habe so gebetet, daß ich glaube, alle Todten sind darüber aufgewacht, und ganz laut, da ich mir habe sagen lassen, daß der Blitz seine Kraft ver= liert, jemehr man die Stimme beim Gebet erhebt. Zu den Mauren! zu den Mauren! schrie ich dem Unwetter zu. Zu den Mauren! auf daß sie Gottes Zorn fürchten und sich bekehren. Wie der Morgen kam und ein Re= genbogen erschien, konnte ich mich erst beruhigen, denn dieser Bogen ist das Zeichen, welches Gott dem Men= schen gegeben und durch welches er ihm verheißen hat, daß er ihn nicht wieder durch eine Sündfluth züchtigen wolle. Herr Jesus! und die Menschen erzittern nicht vor diesen Mahnrufen Gottes!”

„Und weshalb verlangen Sie, daß wir vor etwas, was doch ganz natürlich ist, zittern sollen, Mutter?” fragte Rita.

„Natürlich?” versetzte Maria. „Dann sagst Du wohl

auch, daß Pestilenz und Krieg natürlich sind? Weißt Du denn, was der Blitz ist? ein Stück der vom Zorn Gottes entflammten Luft*). Und der Zorn Gottes, an welche Stelle der Luft käme er nicht hin? wohin erhöbe er sich nicht? Ein Prediger sagte: der Donner ist Gottes Stimme und seine Herrlichkeit, und daß man Gott vor Allem, wenn es donnert, zu fürchten hat. So vergeßt es denn nie, meine Kinder, daß ein Ungewitter als ein Mahnruf des Herrn gilt, um uns daran zu erinnern, daß Se. Majestät gnädig ist aber nicht immer."

„Der Regen war willkommen, Maë**) Maria," sagte Perico, „denn die Erde hatte Durst."

„Die Erde hat immer Durst," meinte Rita. „Am Ende ist sie eine betrunkene Weibsperson."

„Vater," sagte Angela, „wissen Sie, was ich heut gesungen habe?"

Und das Mädchen begann zu singen:

„Schenke, Gott, uns heute Regen,
Daß die Saaten sich benetzen.

---

*) Diese prächtige, dichterische Erklärung verdanken wir in der That einem andalusischen Bauern.

**) Das andalusische Volk nennt Groß- und Schwiegermütter Maë, um sie von den Müttern (Madres) zu unterscheiden, womit es blos die wirklichen Mütter bezeichnet.

Aus der Thür ihres Hauses
Kommt heraus die Mutter Gottes.
Kommt auf einem weißen Pferdchen
Und erleuchtet rings die Feldmark.
Läutet, um das Feld zu segnen,
Läutet, läutet alle Glocken."

Angel, der sich durch seine Schwester, die lebhafter war wie er, den Preis nicht wollte nehmen lassen, sagte hierauf:

„Vater, und ich habe gesungen:

Wasser, Du lieber Gott,
Darum ich Dich herzlich bitte;
Habe Mitleid,
Ich bin klein und bitt' um Brot."

„Genug, genug," schrie Rita, „Ihr seid ein Paar Schwätzer und unausstehlicher wie Frösche."

„Können wir spielen, Mutter?" fragte der Knabe.

„Spielt mit dem Schwanz der Katze," entgegnete Rita.

„Maš Maria," sagte das Mädchen, „wollen Sie mir eine Geschichte erzählen und soll ich aus dem Katechismus aufsagen? Hören Sie: es giebt drei Feinde der Seele: den Teufel, die Welt und das Fleisch."

„Dieser Feind schmeckt mir," meinte der Knabe.

„Schweige, Kleiner," sagte die Großmutter, „es ist nicht das Fleisch im Topfe gemeint."

„Nun was denn, Maš Maria?" fragte der Knabe.

„Jetzt lerne Du nur buchstäblich auswendig," versetzte seine Großmutter; „wenn Deine Fortschritte es gestatten, wirst Du das Gelernte zur Anwendung bringen. Jetzt merke Dir, daß Dein Fleisch, das heißt Dein Appetit, Dich so naschhaft macht, wie Du bist, und daß Fraß und Völlerei eine Todsünde ist."

„Deren sind sieben," sagte das Mädchen, „und ich sage sie her."

„Ich, Mas Maria," rief Angel, „weiß die drei Personen: der Vater, der ist Gott, der Sohn, der ist Gott, und der heilige Geist, der ist eine Taube,"

„Wie unwissend er ist!" meinte seine Mutter.

„Tochter," bemerkte Maria, „Niemand wird gelehrt geboren. Kind," fügte sie hinzu, „die Taube ist ein Symbol; der heilige Geist ist Gott, wie der Vater und der Sohn."

Jedes Kind zog nun die Großmutter an sich und das eine rief:

„Ich kann die Gebote Gottes."

„Und ich die der Kirche," sagte das andere.

„Ich die Sakramente."

„Ich die Gaben des heiligen Geistes."

„Ich . . ."

„Mehr als genug," sagte Rita; „wollt Ihr den ganzen Katechismus hersagen? Sind wir hier in einer Mädchenschule? Das ist zu viel Vergnügen."

„Iſt es möglich," meinte Maria, die hochentzückt war, als ſie die Kinder ſo reden hörte, „iſt es möglich, Rita, daß es Dir nicht gefällt, das Wort Gottes zu hören, und noch dazu aus dem Munde Deiner Kinder? Ich erinnere mich noch, wie ich helle Freudenthränen vergoſſen habe, als Du das erſte Mal das ganze Vaterunſer beten konnteſt."

„Freilich," verſetzte die Tochter, „Sie ſind im Stande, bei einem Fandango zu weinen."

Die arme Mutter entgegnete nichts, wandte ſich zu den Kindern und ſagte:

„Ich bin ſo zufrieden mit Euch, weil Ihr den Katechismus ſo gut wißt, daß ich Euch das Schönſte, was ich kenne, erzählen will."

Die Kinder ſetzten ſich auf das Fußgeſtell des Kohlenbeckens der Großmutter gegenüber, welche alſo begann:

„Als der Engel dem heiligen Patriarchen Joſé die Botſchaft brachte, daß er nach Egypten entfliehen ſollte, nahm der Heilige ſein Eſelchen, ſetzte die Mutter und den Sohn auf daſſelbe und ſie zogen fürbaß durch Gebüſch und Wälder.

Wie ſie mitten in einem Walde waren, da fürchtete ſich die Sennora, denn der Weg war dunkel und einſam. So kamen ſie an eine Höhle, aus der eine Räuberſchaar hervorbrach und ſich über die heilige Familie herſtürzte. Schon wollten Mutter und Kind von dem Thier ab-

steigen; allein da trat der Hauptmann an sie heran, der
Dimas hieß. Er betrachtete das Kind und bei dieser
Betrachtung fühlte er ein Pochen in seinem Herzen. Da=
her wandte er sich zu seinen Genossen um und sagte
ihnen: Wer diese Sennora und dieses Kind anzurühren
wagt, der bekommt es mit mir zu thun. Dann sprach
er zu den heiligen Ehegatten: Die Nacht bricht an und
wird stürmisch sein; kommt mit mir, ich werde Euch be=
herbergen. Und das geschah. Der Straßenräuber gab
ihnen zu essen und zu trinken und die heiligen Ehegatten
nahmen das Dargebotene an, denn Gott nimmt an,
was ihm von den Guten wie von den Bösen dargebracht
wird; deshalb werdet nicht müde zu beten und wäret
Ihr selbst so unglücklich, eine Todsünde begangen zu
haben. Als nun im Laufe der Zeit der Räuber gefan=
gen genommen und zum Tode verurtheilt wurde, fand
er Erbarmen und bereute, bevor er den Kreuzestod er=
litt, der als Sühne wie dem Herrn als Opfer diente.
Er wurde Christ und war der allererste, welcher in die
Seligkeit einging, die Christus uns durch sein Blutver=
gießen verheißen hat*).

---

*) Diese Legende ist viel länger, aber wir scheuten uns, sie
ganz mitzutheilen, um die Geduld der Leser nicht durch Kinder=
und alte Weibergeschichten zu ermüden, womit man dergleichen
zu bezeichnen pflegt. Es wird einst in Spanien wie in den ge=

Man hörte indeß den Wind langdauerndes Geheul ausstoßen; die Thüren, von unsichtbarer Hand bewegt, klapperten, und der alte Kastanienbaum brummte im Hofe, als machte er dem Winde Vorwürfe, daß er ihn in seiner Ruhe störe.

„Ei, ei!" sagte Perico, „keine Nessel wird auf dem Boden stehen bleiben."

„Und was für ein Regen!" fügte Pedro hinzu; „das ist wie ein Wolkenbruch; der Fluß wird das Feld über= schwemmen."

„Hast Du gesehen, wie heute Nachmittag die Wol= ken wie Windhunde dahinflogen?" fragte Angela ihren Bruder.

„Ja," versetzte der Knabe, „und wohin liefen sie?"

„Nach dem Meere, um Wasser zu holen."

„Giebt es so viel Wasser im Meere?"

„Herr Jesus, viel mehr als in dem Wasserbehälter des Oheim Pedro."

„Die Stimme des Windes," meinte Maria, „kommt mir wie die Stimme des bösen Geistes vor; sie bringt die Furcht herbei."

---

bildetsten Ländern der Welt der Tag kommen, an dem man die= sen Kindern des inbrünstigen Herzens und der Glaubensfülle des Volkes einen unermeßlichen Werth beilegen wird. Sie erregen ein Lächeln und rühren zugleich wie die Kindheit.

„Vor Allem fürchtet sich meine Mutter," bemerkte Rita; „ich weiß wirklich nicht, Sennora, wann Ihr Herz einmal zur Ruhe kommt. Höre, Schlafmütze," fuhr sie zum Knaben gewandt fort, den sie von sich stieß, da er sich an sie gelehnt hatte, „stütze Dich auf das, was Du gegessen hast."

Der Knabe, halb im Schlaf, verlor das Gleichgewicht. Elvira schrie auf, Perico eilte auf ihn zu und nahm ihn in seine Arme. Anna entfiel die Spindel; sie hob dieselbe wieder auf und sagte kein Wort.

„Wenn Du sie einmal verlieren solltest," sprach Pedro unwillig, „so würdest Du sie nicht so beweinen, wie ich meinen Sohn beweine; nein, diesen Vorzug lässest Du mir zukommen."

„Ihre Heftigkeit, ihre Heftigkeit, die mir so vielen Kummer macht!" sagte Maria abgespannt, indem sie das Große entschuldigte und das Geringfügige tadelte.

„Also, Maë Maria," beeilte sich Perico zu fragen, „Sie fürchten Alles? auch die Hexen?"

„Nein, die nicht, mein Sohn," versetzte seine Schwiegermutter; „die Lehre der Kirche verbietet, an Hexen und Zaubereien zu glauben. Ich fürchte die Dinge, welche Gott zuläßt, um die Menschen zu züchtigen, vor Allem wenn es übernatürliche Dinge sind."

„Giebt es denn dergleichen? Haben Sie etwas der Art gesehen?" fragte Rita.

„Ob es dergleichen giebt!" erwiederte Maria. „Und Du zweifelst daran?"

„Versteht sich."

„Weßhalb leugnest Du, daß es außergewöhnliche Dinge giebt?"

„Das fällt mir nicht ein. Ein außergewöhnlicher Tag ist z. B. derjenige, an welchem Sie mir keine Predigt halten; aber ich glaube nicht, daß es übernatürliche Dinge giebt, darin bin ich ein heil. Thomas."

„Na, rühme Dich dessen nur. Es ist zu bedauern, daß Du nicht auch sagst, Du wärest ein heiliger Petrus in dem, worin er sich verging."

„Aber haben Sie denn dergleichen gesehen, Sennora? Ist es nicht der Fall, so müssen Sie äußerst leichtgläubig sein."

„Nun, es ist so gut, als wenn ich es gesehen hätte," versetzte Maria.

„Tante, was war denn das?" fragte Elvira.

„Tochter," versetzte die gute Alte, indem sie sich an ihre Nichte wandte, „erstlich das, was der Gräfin von Villaoran begegnete, welches mir die hohe Frau selber erzählt hat, als wir auf ihrem Landgut von Quintos Verwalter waren. Die Sennora hatte die fromme Gewohnheit, eine Messe für Verbrecher zur selben Zeit, wenn sie hingerichtet wurden, lesen zu lassen. Als noch der berüchtigte Vellico seine schlechten Streiche übte, ließ sich die Sennora hinreißen zu erklären, daß, wenn man ihn gefangen nähme, sie für ihn nicht, wie für die übrigen Verbrecher, eine Messe lesen lassen würde, und so geschah es denn auch. Als er hingerichtet wurde, ließ sie keine Messe lesen. Eines Nachts war sie fest eingeschlafen; da wurde sie durch eine klagende Stimme aufgeweckt, die sie in der Nähe ihres Kopfkissens bei Namen rief.

Erschrocken richtete sie sich im Bett auf, allein sie sah Niemanden, obgleich die Nachtlampe brannte. Darauf hörte sie dieselbe Stimme, aber noch viel kläglicher vom Hofe aus sie rufen, und bevor sie sich von ihrem Ent= setzen erholen konnte, wurde sie aus weiter Ferne bei Namen gerufen, daß es wie ein Seufzer klang.

Die Sennora rief ihre Leute; alle kamen herbei; man fand sie in höchster Angst; Niemand außer ihr hatte die Stimme vernommen*).

Kaum brannten am folgenden Tage die Kerzen auf den Altären, so ließ sie eine Messe für die Seele des armen Hingerichteten lesen und die Gräfin betete vor dem Altar hingeworfen mit Inbrunst und Reue, denn die Gnade Gottes, die ja nicht die der Menschen ist, ist noch Keinem entzogen worden. Was meinst Du jetzt, Rita?"

Alle waren von Mariens Erzählung so gerührt, daß

---

*) Es ist dies eine wahre Thatsache.

die Antwort der Rita wie ein Reif auf Blumen fiel. Sie sagte nämlich gähnend:

„Ich glaube, daß sie geträumt hat.“

„Poß Wetter, poß Wetter, welche Ungläubigkeit!“ rief der Oheim Pedro. „Diese Rita wird es noch so weit bringen wie jener Lucero*), von dem die Prediger sagen, daß er sich von der Kirche getrennt hat.“

„Ave Maria! Pedro, sagen Sie doch so was nicht!“ rief Maria; „nicht einmal denken darf man dergleichen. Herr Jesus, wie starrsinnig! doch sie will mir blos widersprechen**).“

Ein Geräusch, wie es schien an der nach dem Vieh= hofe führenden Thür, schloß plötzlich Mariens Lippen.

„Herr Jesus, was ist das?“ sagte sie.

„Nichts, Maß Maria,“ versetzte Perico lachend; „was sollte es sein? der Wind, der heute Nacht Alles in Be= wegung bringt.“

„Mutter,“ sagte Angela, „nehmen Sie mich auf Ihren Schooß, wie der Vater Angel auf den seinen ge= nommen hat; ich fürchte mich.“

---

*) Luther.

**) Dieses Kapitel enthielt mehrere solcher übernatürlicher Be= gebenheiten, unter andern eine des Don Miguel von Mannara in der volksthümlichen Fassung. Die Furcht, zu weitschweifig zu werden, hat sie unterdrückt.　　　(Anmerk. des Verf.)

„Na, das fehlte noch!" erwiederte Rita, welche schlecht=
gelaunt war. „Fort mit Dir! Setze Dich auf den
Rücken eines Pferdes und komme nicht eher wieder, als
bis Du Enkel hast."

„Ich möchte wissen," sagte Pedro nach einer Weile,
„ob diejenigen, welche die Furcht Anderer verspotten, nie
empfunden haben, was Erschrecken ist."

„Perico, Perico," sagte Maria ängstlich, „man hört
was auf dem Hofe."

„Was Maria," entgegnete dieser, „Sie sind furcht=
sam und besorgt; hören Sie denn nicht, daß es die Dach=
rinnen sind?"

„Ich für meinen Theil," fuhr Pedro in sich selbst
versunken und mit gedämpfter Stimme fort, „seit mein
Haus mit Blut befleckt worden . . ."

„Pedro, Pedro! kommen wir denn immer wieder
darauf zurück? Wollen Sie sich denn traurig stimmen?
Was hilft's, der Vergangenheit gedenken, da man doch
nichts mehr ändern kann?" sagte Anna.

„Anna, das kommt daher," versetzte Pedro, „daß
mein Herzeleid mich manchmal darniederdrückt und ich
mir Luft machen muß. Einsam, einsam, wie ich in
meinem Hause bin, das geht mir durch den Kopf. Und
glauben Sie mir nur: viele Nächte, wenn Alles schweigt
und der Schlaf mich flieht, habe ich ihn gesehen; ja, ich
habe ihn gesehen, jenen Grenadier, den mein Sohn ge=

tödtet hat; ich habe ihn gesehen, wie ich ihn im Leben sah, in seinem aschgrauen Mantel, mit seiner Pelzmütze aus dem Brunnen hervorkommen, in welchen er geworfen, und in das Zimmer treten, in welchem er umgebracht wurde, um die Blutflecken aufzusuchen. Ich sehe ihn vor meinen Augen hochgewachsen, unbeweglich, fürchterlich."

In diesem Augenblicke öffnete sich die Thür und eine hohe, unbewegliche, fürchterliche Gestalt in einem grauen Mantel, mit einer Grenadiermütze, erschien auf der Schwelle.

Alle waren so erschrocken, daß Keines zu reden oder sich zu rühren wagte.

„Gott schütze uns!" rief Maria.

Angel warf sich an den Busen des Vaters, Angela in den Schooß der Großmutter.

„Ventura!" flüsterte Elvira, schloß die Augen und barg ihr Haupt an der Brust der Mutter.

Melampo sprang freudig auf.

Gleichzeitig erkannten ihn wieder das Mädchen, für welches es kein Vergessen, und der Hund, für den es keine Untreue gab.

Pedro erhob sich blitzesschnell, und der alte Mann wäre gefallen, da er sich nicht aufrecht zu halten vermochte, wenn nicht Ventura, der Mantel und Mütze abgelegt hatte, ihn in seinen Armen aufgefangen hätte.

Die Scene, die nun folgte, läßt sich leichter denken als darstellen; es war eine Scene der Verwirrung, der Worte und Ausrufe der Freude und der Ueberraschung, inbrünstigen, dem Himmel dargebrachten Dankes und der Thränen.

Als Ventura sich aus den Armen seines Vaters los= zumachen vermochte, ohne sich es vorstellen zu können, daß es die Arme seines Vaters waren, die ihn fest um= schlungen hielten, richtete er seinen Blick auf Elvira; die Mutter hielt sie aufrecht und ließ sie an ein mit Essig benetztes Tuch riechen. Aber das war nicht mehr die Elvira, die er bei seiner Flucht verlassen hatte. Blaß, mager, entstellt, schien sie bereits von dem Leben Abschied nehmen zu wollen. Die leuchtenden Augen Ventura's erhielten einen sanftern, traurigen Ausdruck tiefen Be= dauerns, und mit der rücksichtslosen Offenherzigkeit des Landmannes fragte er:

„Bist Du krank gewesen, Elvira? Du hast Dich sehr verändert."

„O, jetzt wird sie gewiß wieder besser werden," rief Pedro, bei dem durch die Freude der alte scherzhafte, muntere Geist wieder erweckt wurde. „Deine Abwesen= heit und daß sie nichts von Dir erfuhr, das hat sie in diesen Zustand gebracht, und es konnte auch gar nicht anders sein. Sage mir, mein Junge, weßhalb hast Du uns keinen Brief geschickt? weshalb ließest Du nichts von Dir hören?"

„Ach, mein Sergeant hat ihrer wenigstens sechs geschrieben," versetzte Ventura. „Außerdem war ich in Frankreich als Gefangener; das sind weitläufige Geschichten. Aber wie hübsch siehst Du aus, Rita," fuhr er fort, indem er sich an die wandte, die bisher kein Auge von dem prächtigen Jüngling mit dem Schnurrbart und der ihm ausgezeichnet stehenden Uniform verwandt hatte; „Du bist ein herrliches Weib geworden! Na, Perico mag Dir ein gutes Leben bereiten. Perico, Du arbeitest wohl noch immer fleißig? Sind das Eure Kinder? wie schön! Gott schütze sie! Na, kommt nur zu mir: ich bin kein Franzose, auch nicht der Bubu."

Ventura setzte sich, um die Kleinen zu liebkosen. Da näherte sich ihm Maria von hinten, nahm seinen Kopf zwischen ihre Hände und bedeckte ihn mit Küssen und Thränen.

„Tante Maria," sagte inzwischen Ventura, „was mögen Sie für mich gebetet haben! Herr Jesus, ich wette, daß Sie hundert Andachten abhielten und tausend Gelübbe für mich darbrachten."

„Ja, mein Sohn, ja, und morgen verkaufe ich meine beste Henne, um zu Ehren der heil. Anna die ihr gelobte Messe lesen zu lassen."

„Tante Anna ist die einzige, die mir nichts zu sagen hat," bemerkte Ventura. „Freut es Sie denn nicht, mich wiederzusehen, Sennora?"

„Ja, mein Sohn, ja," erwiederte Anna. „Ich hatte mit meiner Elvira zu schaffen. Gott allein weiß es, wie ich mich über Deine Rückkehr freue," fuhr sie fort, während sie das bleiche Antlitz ihrer Tochter betrachtete, „und welchen Dank ich ihm dafür abstatte, wenn sie Gutes bringt."

„Freilich," rief Pedro, „bringt sie uns Allen Gutes, nur meinen Zicklein und Euren Hühnern nicht, denn die kommen im nächsten Monat an den Spieß, da so lange Zeit zum Aufgebot nöthig sein wird."

„Nur nicht so rasch!" versetzte Anna lächelnd, „mit einer Hochzeit ist es nicht so schnell gethan."

„Ach, jede Eule hat ihren Oelbaum," sagte Pedro und erhob sich nach einer Weile. „Sennora's, ein Gitter auf der Straße wird nun nicht mehr leer sein."

„Heute Nacht, Oheim Pedro, verbirgt sich die Traurigkeit sammt dem Franzosen im Brunnen, und beide kommen nicht mehr zum Vorschein," meinte Rita und lachte laut.

„Amen, Amen! so hoffe ich," entgegnete der gute Alte.

Zweites Kapitel.

Als sie den folgenden Abend wieder zusammenkamen, brachte Ventura ein Wachtelhündchen, Tambor*) genannt, mit. Noch nie war ein fremder Hund in diese Abend=gesellschaft gekommen; wie er daher wohl gewaschen und gekämmt, aber auch mit aller Keckheit eines gepußten Elegants hereingewedelt kam, fiel Melampo, der auf dergleichen Vorzüge wenig gab und Fuchsschwänzereien nicht leiden konnte, ohne alle Umstände über ihn her und hielt ihn mit einer Pfote zu Boden, wenn er gleich dabei nicht wie der Löwe von Waterloo aussehen mochte.

Vergebens schlug ihn Perico, vergebens erhielt er von Ventura Fußtritte, vergebens zerrte ihn Pedro bei den Ohren und schrieen die Weiber ihn an, Melampo sah finster darein und war nicht so gemäßigt und folgsam wie sonst. Wer hätte es glauben sollen: er emancipirte sich. Da warf sich Angel auf ihn, umhalste ihn und schrie ihm in's Ohr: „Schlingel, gehe in Deinen Win=kel!" sogleich ließ Melampo seine Beute los und ge=horchte, indem er gesenkten Kopfes von dannen ging, als schämte er sich, einen Schwächern besiegt zu haben. Er legte sich mit dem Gesicht nach der Wand nieder, um nicht Zeuge sein zu dürfen, wie der Ankömmling

---

*) Trommel.

geliebkoſt wurde und welche Kunſtſtücke ein langhaariger gekämmter Hund mit wolligem Schweif zu machen ver= ſtand, über die er ſich am Meiſten ärgerte.

„Zunächſt,” ſagte Perico, „mußt Du mir erklären, Ventura, wie Du geſtern mit einem Male wie in's Haus gefallen erſchienſt, ohne daß man Dir die Thür geöffnet hat.”

„Na, das läßt ſich denn doch wohl leicht errathen,” erwiederte Ventura. „Als ich ankam, ging ich zuerſt nach unſerm Hauſe; die Tante Curra, der mein Vater Wohnung giebt, damit ſie ihm die Wirthſchaft führt, öffnete, und um ſo raſch wie möglich hier zu ſein und Euch zu überraſchen, ſprang ich über die Hofmauer, wie ich es bereits als kleiner Junge zu thun pflegte.”

„Ich hatte alſo geſtern Abend ganz recht,” bemerkte Maria, „als ich ſagte: ich hätte die Hofthür knarren und was im Hofe gehen hören.”

„Jetzt erzähle uns,” ſagte Perico, „wie es Dir er= gangen iſt. Biſt Du verwundet worden?”

„Ja, er wurde verwundet,” erwiederte der Oheim Pedro; „ſeht Euch nur ſeine Bruſt an und Ihr werdet die Narbe von einer Kugel finden, deren Gewalt jedoch durch dieſen Knopf gebrochen wurde; der ſieht freilich ſo plattgedrückt wie ein Tiegel aus. Betrachtet ſeinen Arm, betrachtet die Wunde . . .”

„Ach, wozu denn, Vater? sie sind ja bereits geheilt," unterbrach ihn Ventura.

„Wie ich damals entfloh," fuhr er fort, „ging es den Fluß hinab, bis ich nach San Lucar kam; dort schiffte ich mich nach Cadir ein. Hier trat ich in das Garderegiment, welches der Herzog von Infantado kommandirte, und schloß Freundschaft mit einem Soldaten aus gutem Hause, einem Gefreiten; wir liebten uns wie Brüder. Bald darauf segelten wir nach Tarifa, um den Franzosen in den Rücken zu fallen, während die Engländer sie von vorn angreifen sollten. So kam es zur Schlacht von Barrosa; die Franzosen flohen nach Jerez und wir bemächtigten uns ihres Lagers. Wohlan, sagte ich zu meinem Freunde mitten im Gefecht, nehmen wir dem Franzosen dort den Adler weg, den er so stolz einherträgt und der mir in die Augen sticht. Er war damit einverstanden und ohne uns Gott oder dem Teufel zu empfehlen, ging es darauf los; mein Gefährte tödtete den Franzosen und nahm den Vogel weg. Aber im Handumbrehen waren wir von Feinden umringt, die den Geier wiederhaben wollten. Wir sagten jedoch: daraus wird nichts, Kameraden; der Vogel steckt einmal im Käfig und kommt nicht mehr heraus, selbst wenn Pepe Botellas oder Napolabron in eigner Person käme, um ihn zu holen.

Wir lehnten ihn an einen wilden Oelbaum und

stellten uns davor. Jetzt kommt nur nach ihm . . . und sie kamen, denn diese Teufel sind um so verwegener, je schlechter ihre Sache ist. Sie tödteten meinen armen Freund, und sie würden auch mich getödtet haben, das ist sicher, denn ihrer waren viele. Mir that dabei nur der Vogel leid; allein Gott verhängte es so, daß er nicht mehr auf französisch den Mambru singen konnte; es kamen nämlich die Unsrigen herbei und jagten sie fort. Aber, Du lieber Gott, wie war ich zugerichtet! ich wollte es gar nicht glauben, daß soviel Blut in meinem Kör= per wäre. Sie brachten mich sammt dem Adler zum Obersten; dieser sagte, ich hätte mich tapfer benommen, und wollte mir das Kreuz des heiligen Fernando geben, weil ich das Biest von Adler erbeutet hätte. Den habe ich nicht weggenommen, mein Oberst, sagte ich, sondern mein Freund, der Gefreite, der geblieben ist . . . und darauf wurde ich ohnmächtig*). Wie ich wieder zu mir kam, lag ich im Lazareth. Mit dem Kreuz war es nichts."

„Das war Deine Schuld," meinte Rita. „Weßhalb hast Du dem Obersten gesagt, daß Du es nicht gewesen bist."

Ventura betrachtete Rita, als wenn er ihre Worte nicht verstände.

---

*) Dieser edelmüthige Zug ist historisch.

„Du haſt gehandelt, wie Du handeln mußteſt," ſagte Pedro. „Fahre fort."

Eine Thräne floß über Elvirens Wange.

„Kaum war ich wieder hergeſtellt, ſo ſchifften wir uns nach Huelva ein, und ich befand mich in der Schlacht von la Albuera gegen die Diviſion des Mar=ſchalls Soult. Bald darauf wurde ich gefangen genom=men, konnte mich rancioniren und trat in das Heer von Granada, welches der Herzog von Parque befehligte; wir verfolgten den Feind bis über die Pyrenäen. Dann kehrte ich nach Madrid zurück, wo ich geſtanden habe, bis ich meinen Abſchied erhielt."

„Herr Jeſus," ſagte Maria verwundert, „Du haſt ja mehr von der Welt geſehen wie die Störche!"

„Das nicht," verſetzte Ventura, „aber ein Bißchen, ja. Ich war mit dem General la Romana weit oben im Norden, wo ſich die Erde mit einem ſo dichten Schneemantel bedeckt, daß bisweilen Leute in demſelben umkommen."

„Allerheiligſte Mutter!" rief erſchrocken Maria.

„Aber es ſind gute Leute; dort kennt man den Dolch nicht."

„Gott ſegne ſie!" ſagte Maria.

„In jenem Lande wächſt kein Oel und man ißt Schwarzbrot."

„Das wäre kein Land für mich," bemerkte Anna;

„denn ich muß immer das beste Brot haben, da ich nichts anderes esse.“

„Was mögen das für Suppen von Schwarzbrot und ohne Oel sein!“ rief Maria und schauderte.

„Sie essen nicht unsere spanische Brotsuppe.“

„Nun, was genießen sie denn?“

„Kartoffeln und Milch,“ versetzte Ventura.

„Wohlbekomm’ es und ’s ist auch für die Brust gesund.“

„Das Schlimmste ist, Tante Maria, daß es in jenem Lande weder Mönche noch Nonnen giebt.“

„Was sagst Du mir da, mein Sohn?“ fragte sie.

„Was Sie eben gehört haben; es giebt wenig Kirchen und die sehen aus wie geplünderte Lazarethe, ohne Kapellen, ohne Altäre, ohne Bilder und ohne ein Allerheiligstes.“

„Jesus Maria!“ riefen Alle außer Maria, die vor Erstaunen zu einer Bildsäule erstarrt war. Nach einer Weile faltete sie aber ihre Hände mit freudiger Inbrunst und sagte:

„Ach meine Sonne! Ach mein Weißbrot! meine Kirche! meine Allerheiligste Mutter, mein Vaterland, mein Glaube und meine geweihte Hostie! Wie tausendfach beglückt bin ich, daß ich hier geboren bin und nach göttlicher Barmherzigkeit hier sterben werde. Gott sei

Dank, daß Ihr nicht in diesem Lande wart. Ein Land
der Ketzer! Welch ein Greuel!"

„Am Ende steckt es an wie die Krätze, Mutter?"
fragte Rita spöttisch.

„Das sage ich nicht, Gott behüte," versetzte die gute
Maria, „aber . . ."

„Alles steckt an, ausgenommen das Gute," sagte
Pedro, „und am Besten ist's im Vaterlande. Ich wette
meinen Kopf, daß die dort gewesen, uns nichts Gutes
bringen."

„Wo kommen nicht die armen Soldaten hin!" sagte
Elvira.

„Eben deswegen bin ich ihnen immer gut gewesen,"
fügte Maria hinzu, „und weil sie den christlichen Glau=
ben vertheidigen. Daher war ich auch immer dem heil.
Fernando, diesem frommen und tapfern Kriegsherrn, er=
geben. In meinem Zimmer hängt der Heilige mit sei=
nem Heiligenschein und mit seiner Umgebung an der
Wand, und ich habe Soldaten aus Papier angeklebt,
weil ich glaube, daß es dem Heiligen angenehm sein
wird, da er ja sein ganzes Leben in ihrer Mitte zuge=
bracht hat. Wie Rita etwa zwölf Jahre alt war, ging
ich nach Sevilla und sie gab mir einen Realen mit, um
ihr ein Kämmchen zu kaufen. Ich kam bei der Bude
eines alten Mannes vorüber, der einen Bogen mit lau=
ter Soldaten ausgehängt hatte. Da dachte ich, das wäre

eine Garbe für meinen Heiligen! allein ich hatte mein
Geld ausgegeben und nur noch den Realen der Rita
übrig; gerade so viel kostete der Bogen. Ach was, sagte
ich zu mir selbst: es ist besser, Rita fehlt diese Kleinig=
keit, als meinem Heiligen die Garbe, und ich kaufte sie.

Rita sagte ich: mein Geld hat nicht gereicht und ich
log nicht. Am folgenden Tage schnitt ich die Soldaten
aus, weil ich sie rings um das Bild des Königs kleben
wollte; da kam Rita dazu und sagte: Also dazu haben
Sie Geld gehabt, um diese erbärmlichen Soldaten von
Papier zu kaufen und auf mein Kämmchen hat es nicht
gelangt? Bei diesen Worten riß sie mir die Soldaten
aus der Hand und wollte sie zum Fenster hinauswerfen.
Kleines Ding, rief ich ihr da zu: mit den Soldaten
wirfst Du mir mein Herz auf die Straße. Sie achtete
aber nicht darauf und ich mußte die Ruthe nehmen und
sie züchtigen. Das war das einzige Mal in meinem
Leben, daß ich sie geschlagen habe."

"Es wäre besser gewesen," sagte Pedro, "wenn Sie
ihr manchmal hätten was zukommen lassen."

"Wer macht es Ihnen recht, Oheim Pedro?" fragte
Rita. "Meine Mutter hat gefehlt, weil sie mich nicht
züchtigte, und ich thue nicht wohl daran, daß ich meine
Kinder nicht lieb habe."

"Meine Tochter," versetzte Pedro, "dem, der da läuft,

ruft man nicht: vorwärts! dem, der da still steht, nicht: halt! zu."

„Aber da Sie die Soldaten so sehr lieben," fuhr Rita fort, „weshalb haben Sie sich so viele Mühe gegeben, ihren Neffen Miguel loszubekommen, Mutter?"

„Ich liebe die Soldaten, weil sie so viel ausstehen müssen, und eben deshalb wollte ich meinen Neffen losmachen," entgegnete Maria.

„Was habe ich damals gelacht," sagte Rita zu Ventura. „Sie zündete während des Loosens Lichter zu Ehren aller Heiligen an; da sie keine Leuchter hatte, so klebte sie leere Schneckenhäuser mit Kalk und Sand an die Wand, that einen Docht und Oel hinein, und betete. Währenddem kam die Mutter Miguel's und brachte die Nachricht, daß ihn das Loos getroffen hätte. Wie meine Mutter das hörte, löschte sie die Lichter aus, als hätte sie damit den Heiligen sagen wollen: Bleibt im Dunkeln, ich brauche Euch nicht weiter."

„Was schwatzest Du da, Rita!" entgegnete die gute Maria. „In der Art will Gott nicht über die Herzen richten! . . . Ich gab mich zufrieden, Tochter, ich gab mich zufrieden, denn Gott mußte seinen Willen haben . . . und wenn Gott nicht will, vermögen die Heiligen nichts."

Drittes Kapitel.

So lebhaft wie Elvirens Freude gewesen, so kurz war sie. Was kann derjenigen, welche liebt, entgehen? Weiß man nicht, daß es Dinge giebt, die wie der Wind von Guabarrama ein Hauch sind und doch tödten? Ohne daß Rita und Ventura sich selber Rechenschaft legten von der Verführung, die sie gegenseitig auf einander aus=übten, brachte Elvira Gott zum zweiten Mal den Schmerz verlassener Liebe zum Opfer dar, und dieses Mal ohne alle Hoffnung, sie je wieder gewinnen zu können. El=vira, trotz ihrer Leiden vorsichtig, war überzeugt, daß es bei der ersten besten Gelegenheit zum Bruch kommen müßte, und fuhr fort, gleich einer Märtyrerin, die kalten Beweise einer Liebe entgegenzunehmen, die so verblaßt und so schwächlich war wie sie selbst, ohne es zu wagen, dieselben zurückzuweisen. Diese Liebe schwand dahin vor einer neuen Flamme, die so lustig, so schön leuchtete, wie der Gegenstand, dem sie zugewendet war. Die Be=suche am Gitter wurden jede Nacht kürzer und kälter. Eine Miene, ein Blick, ein Wort reichten hin, zwei We=sen einander immer näher zu bringen, die gleich dem Schmetterling daran Gefallen hatten, sich von einer Lei=denschaft, der sie keine Worte verliehen, stets auf's Neue zur Flamme verlocken zu lassen. Daß eine verheirathete Frau ihrer Pflichten vergißt, daß ein Bräutigam seiner

Liebe untreu wird, das ist auf dem Lande ganz uner=
hört; für die Familie, deren Geschichte wir erzählen,
war es so unglaublich, daß sie es für unmöglich hielt.
Allein Rita kannte keinen Zügel und das Soldatenleben
war für Ventura eine Schule schlechter Sitten gewesen.
Eines Morgens sagte Perico, bevor er auf's Feld ging,
zu Elvira, die im Hofe saß:

„Schwester, hier hast Du Geld, um Dir bunte Klei=
der zu kaufen. Mit der Trauer ist es nun zu Ende,
die Du bis zu Ventura's Rückkehr gelobt hattest; Dein
Antlitz, Deine Kleidung, Alles an Dir will ich jetzt hei=
ter sehen."

Elvira vermochte nur mit großer Mühe ihre Thrä=
nen zurückzuhalten und erwiederte:

„Behalte Dein Geld, Bruder, ich fühle mich jeden
Tag schlechter. Es ist für mich besser, daß ich daran
denke, wie ich mich mit Gott befreunde, als an Hoch=
zeitskleider, und daß ich nicht erst die Farben ändere,
die mich in den Sarg geleiten sollen."

„Rede nicht also, Schwester," rief Perico, „denn Du
zerreißest mir das Herz. Traurige Gedanken sind Dir
zur Gewohnheit geworden. Wenn Du erst mit Ventura
glücklich bist, wie Rita und ich, wenn Du Kinder hast,
wie wir, die Dich erheitern, da werden Deine Befürch=
tungen ein Ende haben. Kommt her," rief er seinen
Kleinen zu, „und unterhaltet Eure Tante."

Elvira verfolgte ihren Bruder mit den Augen, während ihr Herz vom tiefsten Leid erfüllt wurde, daß es hätte zerspringen mögen; aber sie hielt es für unklug, durch eine Klage anzudeuten, was sie bewegte; denn sie wußte ja, daß das Uebel, welches sie so tief betrübte, nicht mehr zu heilen war.

„Tante," sagte Angel, „es schickt sich nicht, daß Melampo liegen bleibt, wenn der Vater fortgeht."

„Er thut nur seine Schuldigkeit, denn er ist ein guter Hund," erwiederte Elvira.

„Weshalb heißt er denn Melampo?" fragte der Knabe weiter mit dem unermüdlichen Fragegeist der Kinder, den ältere Leute verlachen, anstatt daß sie ihm ihre Achtung zollen sollten.

„Er heißt so," versetzte die gute Elvira, „weil einer der Hunde, die mit den Hirten nach Bethlehem zum neugeborenen Christkind kamen, so genannt wurde. Die drei hießen Melampo, Cubilon und Lobina, und die Hunde, welche diese Namen haben, werden nie toll."

Angela lief indeß hinter einem Vogel her und sagte dann: „Tante, ich habe diese Schwalbe nicht haschen können."

„Das ist keine Schwalbe," entgegnete ihre Tante, „die kommen erst zum Frühling und die darfst Du weder fangen, noch ihnen sonst ein Leid thun."

„Warum denn nicht, Tante?"

„Weil sie Freunde der Menschen sind, ihm Vertrauen schenken und ihr Nest unter seinem Dach machen. Sie waren es auch, die die Dornen aus der Krone unseres Erlösers rissen, als er am Kreuze hing.

Da fiel Angel hin und weinte. Rita kam eiligst aus dem Hause hervorgestürzt und nahm ihn in ihre Arme.

„Hast Du dir was gethan? Was hast Du, mein Herzenskind?"

Und indem sie ihm sein schmutzig gewordenes Gesicht reinigte, fuhr sie fort:

„Was hast Du, mein liebes Gesicht voll Unrath? Gesegnet seien diese Augen, dieses Mündchen, diese Händchen."

Sie sang dem Kinde vor, überschüttete es mit ihren Liebkosungen und nahm es sammt der Schwester in's Haus; dann kehrte sie zurück und ging nach der Wasch= küche.

Hier begann sie nach der Sitte des Landes zu singen.

Unter dem Volk in Andalusien besitzt Jeder in sei= nem Gedächtniß einen solchen Schatz von Spruchgedich= ten und Singstrophen von dem mannigfaltigsten Inhalt, daß man kaum etwas auszudrücken hätte, was sich nicht bereits in dergleichen Versen vorfände.

Eine schöne, helle, wohlklingende Stimme antwortete aus dem benachbarten Hofe, und so begann ein gesun=

genes Zwiegespräch, bei welchem die Stimme des Man=
nes mit folgendem, sein beflügeltes Verlangen ausdrük=
kenden Verse schloß:

> Zu besitzen ist mein Wille
> Und nicht will ich Zeit verlieren,
> Und nicht seufzen in die Lüfte,
> Und nicht klagen flücht'gem Winde.

Inzwischen nähte Elvira an der Seite ihrer Mut=
ter und ihr sanftes, ruhiges Antlitz verrieth nicht den
Schmerz und die Beklemmung ihres Herzens; trotzdem
wurde sie von Anna mit Mutteraugen betrachtet und
diese dachte bei sich: „Sollten die Hoffnungen, die sie
auf Ventura's Rückkehr setzte, getäuscht worden sein?
Wird sie Gott zu sich nehmen wollen?"

Da kamen die Kinder eiligst herausgestürzt.

„Mas Anna, Tante Elvira," riefen sie, „Oheim
Pedro hat uns gesagt, daß die vorige Nacht die Eselin
geworfen hat und mit dem Füllen im Stalle ist. Das
haben wir noch nicht gewußt. Wir wollen es sehen,
wir wollen es sehen!"

Sie ergriffen die Großmutter von der einen, die
Tante von der andern Seite, liefen nach dem Viehhofe
und öffneten mit einem Schlage angelweit die Stallthür.

Was für ein Dolchstich für Anna, das ehrenwerthe
Weib, die liebende Mutter. Ventura und Rita befan=

den sich an diesem abgelegenen Ort in zärtlichster Unter=
haltung.

Schnell wie der Blitz sprang Ventura auf das Rad
eines Wagens neben der Hofmauer und verschwand.

Rita fuhr wüthend fort zu waschen und sang mit
einer Frechheit ohne Gleichen:

> „Wer so glücklich wäre gewesen
> Wie Adam und Eva,
> Die da niemals kennen lernten
> Schwiegervater, Schwiegermutter."

Die Kinder liefen ohne Aufenthalt nach dem Stalle.
Anna führte ihre fast leblose Tochter nach der Wohnung,
und dort, am Busen ihrer Mutter, der die Ursache ihres
Schmerzes nicht verborgen war, schluchzte sie laut.

„Und Du hast es gewußt," sagte die Mutter, „Du
verschwiegene Märtyrerin der Einsicht. Weine nur, ja
weine! Thränen gleichen dem Blut, welches aus den
Wunden strömt; es macht sie minder lebensgefährlich.
Ich wußte, was an ihr war, und habe es ihm vorher=
gesagt. Ich wußte, daß der Fluch auf der Verbindung
zwischen eigenem Blut lastet, und machte ihn darauf auf=
merksam. Er wollte nicht auf mich hören. Es wäre
besser gewesen, ich hätte ihn in den Krieg ziehen lassen;
allein das Herz irrt sich, wie sich der Verstand irrt."

Inzwischen sang das schamlose Weib wieder:

„Von Schwiegermüttern und Schwägerinnen
Ein voller Wagen,
Welch' hübsche Ladung
Wär's für die Hölle!"

Viertes Kapitel.

Nach einer schlaflosen Nacht voll Bekümmerniß stand
Anna dem Anschein nach ganz ruhig auf; denn sie hegte
einige Hoffnung, da sie beschlossen hatte, Rita vorzustel=
len, wie sie blindlings in einen Abgrund renne, und
wollte es ihr an's Herz legen, den eingeschlagenen Weg
aufzugeben.

Anna besaß eine Würde, die ihres Eindrucks nicht
verfehlen konnte, aber allerdings nur bei solchen, bei
denen der Hochmuth noch nicht alles edle Gefühl der
Achtung vernichtet hatte; denn dieser Hochmuth war von
jeher der schlimmste Feind der Menschen; er ist frecher
wie alles Andere und mit frecher Stirn tritt er der Tu=
gend entgegen; er drängt sich überall ein und will über=
all die Oberhand behalten; dabei birgt er sich unter
nicht anstößigen Formen, erweckt trügerische Gedanken
und bezeichnet die Achtung, dieses heilige Gefühl, wel=
ches mit dem ersten Segen Gottes in die Welt trat, als
ein knechtisches Gebahren. Manchmal will sich der Hoch=

muth zur Würde erheben, aber das gelingt ihm nie.
Die Würde nämlich erhebt sich nie auf Kosten Anderer;
sie weist Allem die ihm gebührende Stellung an und sie
erhält einen um so edleren Anstrich, wenn sie selbst ehrt,
als wenn sie sich ehren läßt. Weder Rang, noch Wis=
sen, noch Reichthum verleihen Würde, und am allerwe=
nigsten der Uebermuth. Sie ist der einfache Wiederschein
einer erhabenen Seele, welche ihrer Stärke bewußt ist;
sie ist natürlich, wie die blühende Farbe der Gesundheit,
und nicht unecht, wie das Roth der Schminke.

Es giebt jedoch Wesen, die sich über Alles hinweg=
setzen und mit ungemeiner Ruhe bei falschen, in's Unge=
wisse verschwimmenden Grundsätzen beharren; dabei zei=
gen sie sich so frech und so anmaßend, wie diejenigen nie=
mals sein werden, die sich auf den festen Felsen
untrüglicher Gerechtigkeit und ewiger Wahrheit stützen.
Rita gehörte zu den Wesen, welche festen Schrittes und
mit ruhiger Stirn auf schlechten Wegen wandeln.

Der gesunde Sinn der Landleute, die auf die von
uns geschilderte Weise fühlen, begriff den Charakter bei=
der Frauen recht gut und bezeichnete ihn mit treffendem
Lakonismus, wenn es von Anna hieß: die Tante Anna
lehrt ohne zu reden die Gebote Gottes, und von Rita:
sie fürchtet weder Gott noch den Teufel.

Rita nähte, als Anna eintrat; diese schloß ruhig die
Thür und setzte sich ihrer Schwiegertochter gegenüber.

8*

„Du weißt, Rita," begann sie, „daß Deine Heirath mir stets zuwider war."

„Und Sie kommen, daß ich mich bei Ihnen dafür bedanken soll?" versetzte Rita unverschämt.

Anna fuhr, ohne darauf zu achten, fort:

„Ich hielt Dich für vorsichtig."

„Es ist nicht nöthig," versetzte Rita, „deshalb ein Doktor Allwissend*) zu sein; denn ich bin die Offenheit selbst und Jeder kann wissen, was er an mir hat, da ich rede, was und wie ich denke."

„Das ist nicht schlimm, daß Du sprichst, was Du denkst; das Schlimme ist, daß Du denkst, was Du sprichst."

„Aha, ich soll wohl das todte Füchslein oder das stille Wasser spielen, wie Andere, die es hinter den Oh=ren haben."

Das galt Elviren, wie Anna sehr wohl merkte; sie ließ es jedoch unberücksichtigt und fuhr fort:

„Jedoch habe ich mich getäuscht; ich habe Dich nicht ganz verstanden."

„Weiter, weiter!" sagte Rita, „heute giebt's Regen und Sturm."

„Ich hätte nie geglaubt," bemerkte Anna, „daß es zu dem kommen würde, wozu es gekommen ist."

---

*) Im Span. zahori, ein Mann, der das Verborgene sieht.

„Na, jetzt geht's Schwatzen an und es regnet mit Kannen," entgegnete Rita mit schlauer Miene und nähte emsig fort.

„Wenn Du dich gleich nicht scheu'st, meinen Sohn zu täuschen . . ."

„Aha, also darauf will's hinaus?" fragte Rita kalt.

„Und meine arme Tochter zu tödten! . ."

„Halt, halt!" entgegnete Rita, „hier sitzt der Knoten; weil Ventura eine dürrspießige Person nicht heirathen mag, die den Todtengräber um Erlaubniß bitten muß, wenn sie einmal ausgehen will, soll ich büßen, und bloß deswegen, weil er ein lustiger Bursche ist und es ihm besser gefällt, mit mir, die ich gleichfalls heiter bin, zu scherzen, als mit ihr Eibischthee zu trinken. Kann ich denn da was dafür?"

Anna ließ Rita ausreden, ohne daß ihr Antlitz eine andere Veränderung, als eine Todesblässe zeigte, dann sagte sie:

„Rita, eine Frau wird nicht ungestraft die Buhle eines andern Mannes."

„Was sagen Sie?" rief Rita mit flammenden Wangen und Augen, stand auf und warf die Nätherei weg: „Was haben Sie gesagt, Sennora? Ich eine Buhle? Nun, das wird mir schön! Eine Buhle, eine Buhle! Sie haben stets was gegen mich gehabt; als Schwiegermutter waren Sie eine böse Schwiegermutter, aber daß habe ich nicht geglaubt, daß diejenigen, welche den Heiligen die Zehen abküssen, falsch Zeugniß ablegen können."

„Ich sage nicht, daß Du sie bereits bist," versetzte Anna ebenso ernst und ruhig wie während der bisherigen Unterhaltung, „aber Du bist auf dem Wege und wirst sie werden, wenn Gott Dir nicht die Augen öffnet."

„Eine Prophetin heut wie immer; ein leibhaftiger Jonas." Dabei brummte sie zwischen den Zähnen: „Verschlänge Dich doch der große Fisch!"

„Ja, Rita," sagte Anna, „und ich komme . . ."

„Mir zu drohen?" fragte Rita mit der Miene einer Schurkin.

„Nein, Rita, nein, meine Tochter," versetzte die edle Frau mit bewegter, zitternder Stimme, „ich komme, Dich im Namen Gottes, bei der Liebe zu meinem Sohne, bei der Achtung vor den Deinigen, bei Deinem eigenen Glück zu bitten, daß Du wohl überlegen mögest, was Du thust, daß Du, während es noch Zeit ist, in Dich gehst."

„Hat Perico Sie damit beauftragt?"

„Nein, mein Herzenssohn hegt noch keinen Verdacht. Gott behüte, daß wir den schlafenden Löwen erwecken."

„Nun also, weßhalb mischen Sie sich denn da in Dinge, die Sie nichts angehen. Was kümmert Sie's, wenn es ihn nicht kümmert? Perico ist nicht eifersüch=

tig, Sennora, und er ist es nie gewesen; auch verlangt er nicht, daß sich Fremde in seine Angelegenheiten mischen. Wozu gute Lehren geben und gen Himmel schreien, wenn Leute miteinander scherzen, und wozu wer weiß wie sich verwundern, wenn Einer dem Weibe, das da wäscht, ein Paar Eimer Wasser holt. Glauben Sie, daß ich mich deßhalb verdammen werde?"

„Rita, Rita, spiele nicht mit den Männern!"

„Und Sie, spielen Sie nicht mit den Frauen! Zum Geier noch einmal, sieht es nicht aus, als gäbe ich dem ganzen Dorf ein Aergerniß?"

„Bedenke, Rita," fuhr Anna mit wachsender Strenge fort, „daß der Schimpf, den man Männern erweist, nach Blut schreit."

„Na, wie würden Sie sich behaben," versetzte Rita, „wenn dessen ein wenig flösse, damit sich nur Ihre Prophe=zeiungen: daß daß eigene Blut keine Freude hat und dergleichen, bestätigten; haben Sie ja mit solchen Pro=phezeihungen Ihren Sohn von der Heirath abspenstig machen wollen, allein es gelang Ihnen nicht, so wenig wie es Ihnen jetzt gelingen wird, wo Sie, wie ich sehe, Unfrieden zwischen uns stiften wollen. Ich weiß recht gut, was ich zu thun habe. Perico ist ein friedlieben=der Mensch und weiß, was er an seiner Frau hat. Las=sen Sie uns in Ruhe und wir werden in Ruhe leben, wenn Sie Ihrem Sohn nicht den Kopf warm machen.

Besorgen Sie das Hochzeitskleid für Ihre Tochter, für das liebe Kind des Hauses, das sich ja ganz nach Ihrem Geschmack verheirathet."

Wie die ehrwürdige Matrone diese Reihe von Beleidigungen und Kränkungen zu hören bekam, schwankte allerdings ihre Gemüthsruhe; allein es siegte der heilige Engel der Geduld, den Gott den Müttern, sowie sie es werden, beigiebt, um ihnen bei ihrem Kreuz und Leid Beistand zu leisten. Anna ging von dannen, indem sie einen traurig lächelnden Blick, der ebensoviel Mitleid als Verachtung ausdrückte, auf Rita warf.

Die würdige Frau blieb voller Angst, wie sie sah, daß der von ihr gethane Schritt erfolglos geblieben war, und sie entschloß sich, Pedro Alles zu entdecken, damit dieser seinen Sohn entfernte. Da wurde der Wächterposten ledig, den Ventura früher auf einem der benachbarten Landgüter bekleidet hatte, und man überwies ihm denselben. So war er doch nicht mehr Bewohner des Dorfes, welches er freilich noch oft zu besuchen pflegte. Anna konnte in ihrer Besorgniß wieder etwas Athem schöpfen und dachte bei sich: Ein Tag Leben ist Leben.

Fünftes Kapitel.

So war das fröhliche Weihnachtsfest herangekom=
men. Man hatte den Kindern ein schönes Krippel*)
mit einer Hülle und Fülle von Mastix, Rosmarin, La=
vendel, mit andern Pflanzen und duftigem Laubwerk auf=
erbaut, welches die ganze eine Seite des elterlichen Zim=
mers einnahm. Perico hatte Pflanzen und Laub mit
derselben Wonne vom Felde geholt, mit der ein Bräu=
tigam seiner Braut Blumen bringt.

Am ersten Weihnachtsfeiertage hörte Perico die Früh=
messe und ging dann nach seinem Weizen sehen, da er
vernommen hatte, daß Ziegen darin zu Schaden gegan=
gen wären.

Um zehn Uhr kam er zurück und fand die Kinder
allein.

„Gott sei Dank, Vater, daß Du kommst,“ riefen sie
und sprangen ihm fröhlich entgegen; „man hat uns
allein gelassen.“

„Nun, und Maë Anna und Tante Elvira?“

*) Auch in einigen Gegenden Deutschlands erbaut man den
Kindern zu Weihnachten eine Darstellung der Geburt Christi aus
Pappbildern, Moos u. s. w. In Schlesien ist dafür die obige
Bezeichnung üblich.

„Gingen zum Hochamt.“

„Und wer blieb bei Euch?“

„Die Mutter.“

„Wo ist sie?“

„Was wissen wir? Wir waren mit ihr im Zimmer und tanzten vor dem Krippel, da kam Ventura und die Mutter sagte uns, wir sollten mit unserer Musik an= derswohin gehen, der Kopf thäte ihr weh. Wie wir hinausgingen — Vater, ich habe es gehört — sagte Ventura zu ihr, das wäre recht, daß sie uns weggehen hieße, denn Gottes Engelchen wären des Teufels Zeu= gen. Ist das wahr, Vater? Sind wir des Teufels Zeugen?“

Wer hätte nicht in seinem Leben es bei kleinem oder großem Anlaß erfahren, daß ein einziges Wort gleich einem Schlüssel Vergangenheit und Gegenwart erschließt, sie wie eine Fackel erleuchtet, Umstände und Vorfälle, die unbeachtet blieben, der Vergessenheit entreißt, um nun sich aneinander zu reihen und so ein Urtheil bilden zu helfen, eine Ueberzeugung zu begründen, eine Gewißheit herbeizuführen? Die Worte, welche der Rathschluß der Vorsehung in den Mund der Unschuld gelegt hatte, äußerten eine solche Wirkung auf Perico. Spät aber schrecklich stellte sich die Wahrheit vor seine Augen, die bis dahin der gute Glaube geschlossen gehalten hatte, und das Mißtrauen zog in sein von Ehrlichkeit bisher gesund und geschützt erhaltenes Herz, das nie einem Verdacht Eingang gewährt hatte.

„Vater, Vater!" riefen die Kinder, wie sie ihn zittern und erbleichen sahen.

Perico hörte sie nicht.

„Maë Anna," schrieen sie, als diese eintrat: „helfen Sie, der Vater ist krank."

Wie Perico seine Mutter eintreten hörte, richtete er seine verwirrten Augen auf sie und auf ihrer ernsten Stirn glaubte er den furchtbaren Ausspruch zu lesen, mit welchem ihre vorsorgliche Liebe ihn vor dem, was nun eingetreten, hatte bewahren wollen: e i n e s c h l e c h t e T o c h t e r i s t e i n e s c h l e c h t e H a u s f r a u. Entsetzt stürzte er zum Hause hinaus, indem er zwischen den Zähnen einen Vorwand für seine Flucht hinmurmelte, den Niemand verstehen konnte.

Anna trat an's Fenster und beruhigte sich, als sie sah, daß er nach dem Felde zu ging.

„Hat man ihn benachrichtigt, daß Vieh auf dem Acker zu Schaden geht?"

„Das ist wohl möglich, Mutter; gestern vermuthete er es bereits," versetzte Elvira.

Die Essenszeit kam und Perico war noch nicht zurückgekehrt.

Allerdings mußte das an einem Feiertage auffallen,

da sich jedoch die Landleute nicht an bestimmte Stunden
zu binden pflegen, so erregte es keine Besorgniß.

Am Abend kamen zu gewohnter Stunde Pedro und
Maria; beide kamen allein.

„Ist Ventura heute nicht in's Dorf gekommen?"
fragte Anna.

„Ja wohl," erwiederte Pedro; „allein die Freunde
sind insgesammt in's Wirthshaus gegangen. Er war
von jeher für das Tanzen so eingenommen, daß er eines
Fandango halber Essen Essen sein läßt."

„Und war Rita nicht bei Ihnen, Tante Maria?"
fragte Elvira.

„Ja, meine Tochter, sie kam zu mir, wollte jedoch
mit der Nachbarin zum Tanz gehen. Ich sagte ihr, daß
sie besser thäte, wenn sie nicht hinginge, da sie jedoch
nie auf mich hört . . ."

„Sie hatten ganz recht, Maria," meinte Pedro.
„Ehrbar müssen Weiber sein, denn sie brechen leicht ein
Bein, sollen drum zu Hause sitzen."

Alle blieben verstimmt und schweigsam, da trat plötz=
lich Perico herein.

Bei dem trüben Schein der Lampe, der noch dazu
durch einen Schirm gedämpft wurde, konnten sie die
vollständige Veränderung seiner Gesichtszüge nicht wahr=
nehmen. Seine flammenden Augen waren mit dunkeln
Ringen umgeben, als hätte er ein langwieriges Unwohl=

sein überstanden, seine Lippen waren so trocken und so geröthet wie die eines Fieberkranken.

Er warf einen raschen Blick ringsumher, dann fragte er barsch:

„Wo ist Rita?"

Alle schwiegen; endlich sagte Maria schüchtern:

„Mein Sohn, sie ist mit der Nachbarin ein Bißchen zum Tanz gegangen. Es ist ja heute Feiertag. Sie wird nicht lange sein."

Perico stürmte hinaus, ohne ein Wort zu erwiedern.

Da erhob sich eilends seine Mutter und folgte ihm; sie holte ihn jedoch nicht mehr ein.

„Ich sage Ihnen, Maria," sprach Pedro, „daß Perico ganz recht thäte, wenn er ihr einmal was auswischte; ich hätte nichts dagegen."

„Reden Sie nicht so, Pedro," antwortete Maria, „Perico ist nicht im Stande, an ein Weib Hand anzulegen. Mein armes Kind! Seh' Einer doch! Ist denn das so was Böses, daß sie ein paar Sprünge macht? Pedro, die Alten dürfen nicht vergessen, daß sie auch einmal jung gewesen sind."

Inzwischen trat Anna ganz bestürzt wieder ein.

„Pedro," sagte sie, „gehen Sie doch zum Tanz."

„Ich?" versetzte Pedro, „Sie sind wohl nicht bei Troste. Keine Gewalt bringt mich dahin, wo getanzt wird. Wenn Perico der Seinen was zwischen die Rip=

pen giebt, so thut er ganz recht daran; mit meinem Tuch werde ich ihr nicht die Thränen abwischen.“

„Pedro, gehen Sie zum Tanz!“ wiederholte Anna, aber diesmal mit so ängstlichem Ausdruck, daß Pedro sich umdrehte und sie unverwandt betrachtete.

Anna erfaßte ihn am Arm, ließ ihn aufstehen, trat mit ihm auf die Seite und sprach halblaut einige flüchtige Worte zu ihm.

Wie der Alte diese vernahm, stieß er einen dumpfen Schrei aus, fuhr mit den Händen nach der Stirn, nahm eiligst seinen Hut und stürzte zum Zimmer hinaus.

Sechstes Kapitel.

Ventura und Rita tanzten miteinander, belebt von dem, was jugendliche Köpfe und Sinne gefangen nimmt, die Augen der Vernunft blendet und die achtungsvolle Rücksicht auf die Nebenmenschen außer Acht läßt, nämlich vom Wein, von rein sinnlicher Liebe, von einem frechen, üppigen Tanz und von albernen, aber berauschenden Beifallsbezeugungen.

In der That waren Ventura und Rita ein herrliches Paar. Das frische, muntere Haupt mit Blumen geschmückt, bewegte sich Rita mit jener unnachahmlichen Anmuth des Landes, die nach Belieben züchtig oder

schamlos ist; ihre schwarzen Augen glänzten wie polir=
ter Agat und die Kastagnetten bewegten sich zwischen ih=
ren Fingern, als wollten sie herausfordernde Zeichen ge=
ben. Ventura war ihr passender Mittänzer, und nie sah
man den Fandango mit größerer Anmuth und mit grö=
ßerem Anstand tanzen.

Begeisterte Sänger improvisirten der Sitte gemäß
Lieder zum Lobe des prächtigen Paares.

Für die, welche dorten tanzet,
Holet Rosen,
Denn das will sich wohl geziemen
Für's liebe Weibchen.

Heute Abend bei dem Tanze
Ist's Aller Meinung,
Daß die Palme davon tragen
Ventura und Rita.

Schon waren sie bei den letzten Touren, während
welcher Händeklatschen und zärtliche Verbeugungen sich
verdoppelten, da langte Perico an und stellte sich in
einem Winkel der Thür hin.

Da Alle ihr Augenmerk auf den Tanz gerichtet hat=
ten, so gewahrte Niemand seine Ankunft. Ventura ge=
leitete Rita nach einem Zimmer, um sie mit einem
Trunk zu bewirthen, und ging dicht bei ihm vorüber,
ohne Perico's Anwesenheit zu ahnen, da derselbe außer=
halb des Lichtstrahls stand, der dem Saal entströmte.

Da hörte nun Perico ein Zwiegespräch zwischen Ventura und Rita, welches ihm den völligen Umfang seines Unglücks und alle die Niederträchtigkeit des von ihm so sehr geliebten Weibes, der Mutter seiner Kinder, den Verrath eines Freundes, eines Bruders zu erkennen gab.

Rita trat vor einen Spiegel und ordnete die Blumen, welche ihren Kopf schmückten.

„Sie sind verwelkt," sagte Ventura zu ihr. „Weshalb trägst Du Rosen? Weißt Du denn nicht, daß sie auf dem Kopf eines hübschen Weibes vor Neid welk werden?"

„Höre, Ventura," rief einer seiner Freunde, „Dir behagen unter allen Früchten, wie es scheint, die verbotenen am besten."

„Mir," entgegnete Ventura, „behagt die gute Frucht, mag sie gleich verboten sein."

„Das ist nicht recht!" meinte ein Freund Perico's.

Einer der Anwesenden nahm den, der dies gesprochen hatte, am Arm, führte ihn auf die Seite und sagte zu ihm:

„Schweige, Mensch; siehst Du denn nicht, daß er angetrunken ist? Was hast Du dich in dergleichen Dinge zu mischen? Was sprichst Du darüber, da Perico, der doch der eigentlich Betheiligte ist, nichts dagegen einwendet?"

„Wer wagt es zu sagen, daß Perico Alvareda eine

Niederträchtigkeit billigt?" fragte dieser und trat bleich wie ein aus dem Sarge Erstandener in's Zimmer.

Wie Rita die Stimme ihres Mannes vernahm, schlüpfte sie wie eine Schlange unter die Gäste und verschwand.

„Der kommt auch gerade recht, um sein Weib zu beobachten!" sagten lachend einige unbesonnene Burschen, die eine Art Gefolge des tapfern Soldaten, des prächtigen Tänzers bildeten.

„Ihr Herren," sprach Perico mit übereinandergeschlagenen Armen und mit dem Ausbruck verbissenen Grimmes, „sehe ich etwa wie ein alberner Affe aus?"

„Freilich, und lachen kann man schon darüber," versetzte Ventura.

Alle lachten laut auf.

„Es ist Dein Glück," erwiederte Perico mit vor Wuth erstickter Stimme, „daß ich keine Waffen bei mir habe."

„Halt's Maul!" rief Ventura und schlug ein helles Gelächter auf. „Fällt es diesem sanften Schaf ein, den Raufbold zu spielen! Laß Dein Geprahle unterwegs, tapferer Ritter; setze Dir nicht Grillen in den Kopf und gehe, Deinen Kindern den Rotz von der Nase zu wischen."

Wie Perico diese Worte vernahm, stürzte er über Ventura her; dieser schwankte bei dem plötzlichen Ueberfall, raffte sich jedoch alsbald zusammen, faßte Perico mitten um den Leib mit der ihm innewohnenden Kraft und Behendigkeit, warf ihn zu Boden und setzte ihm ein Knie auf die Brust.

Zum Glück hatte Perico kein Messer bei sich und Ventura zog das seinige nicht; dagegen erfaßte er mit beiden Händen die Gurgel Perico's und rief wüthend:

„Du? Du, den ich mit drei Fingern in Stücke zer= reißen könnte, Du wagst es, Hand an mich zu legen? Du, ein Eidechsentödter, ein feiger Wicht, ein furchtsa= mer Hase, der Du unter'm Unterrocke Deiner Mutter groß gezogen worden bist? Du an mich, an mich?"

Bei diesen Worten trat Pedro bestürzt herein.

„Ventura!" schrie er, „Ventura, was machst Du da? Was machst Du da, Du Bösewicht?"

Wie Ventura seinen Vater erblickte, ließ er Perico los und sprang auf.

„Du bist ein Trunkenbold," fuhr Pedro, außer sich vor Unwillen und Schmerz, fort, „Du bist ein Trunken= bold und vom Wein erregt. Nach Hause mit Dir," fügte er hinzu, indem er ihn an die Schulter stieß, „nach Hause mit Dir; marsch, voran!"

Ventura gehorchte schweigend, denn seine Ohren ver= nahmen bei den Worten Pedro's nicht bloß des Vaters Stimme, sondern auch die der Vernunft, des Gewissens, des Herzens. Da erwachten seine edlen Gefühle und er schämte sich ebenso ob dessen, was eben vorgefallen, so=

wie ob dessen, was dazu Anlaß gegeben. Er neigte daher sein Haupt vor dem, den er so hoch achtete, und ging, gefolgt von seinem Vater, von dannen.

Unterdessen hatte man Perico aufgerichtet, der sich allmählich wieder von dem Schwindel erholte, den Ventura mit dem Druck seiner Fäuste verursacht hatte. Er fuhr mit der Hand über die Stirn, warf auf seine Umgebungen einen Blick wie ein verwundeter und gefesselter Löwe und sprach beim Fortgehen mit hohler Stimme:

„Er hat uns Beide zu Grunde gerichtet."

Da Ventura von seinem Vater abgeholt worden war, so ließen die Anwesenden Perico ohne Weiteres gehen.

„Das endet nicht so!" sagte einer und schüttelte den Kopf.

„Nun freilich," meinte ein Anderer, „hinter dem Betrogenen kommt gleich der Geprügelte. Welcher Heilige könnte wohl so etwas ruhig hinnehmen?"

„Sollte man nicht das schändliche Weib für die übrige Lebenszeit in eine Clausur stecken?" fragte ein Dritter.

Inzwischen war Perico in seiner Behausung angelangt; auf dem Wege dahin hatte er leise und abgebrochene Worte gemurmelt.

„Furchtsamer Hase! Feiger Wicht! Lächerliches Affengesicht! Und das hat er mir gesagt, er! Sanftes Schaf!

9*

Niemand wagte es bis jetzt, meine Ehre zu verletzen, bis Du sie besudelt und mit Füßen getreten hast. O, wir werden schon sehen, was daraus wird."

Er trat in sein Zimmer und ergriff seine Flinte.

„Vater," so ließ sich die feine Stimme Angela's aus dem benachbarten Zimmer vernehmen, „wir sind allein."

„Ihr werdet es bald noch mehr sein!" murmelte Perico, ohne eine laute Antwort zu geben.

Die Kleinen riefen wiederholt:

„Vater, Vater!"

„Ihr habt keinen Vater mehr!" schrie Perico und ging in den Hof.

Hier lehnte er die Flinte an den Stamm des Orangenbaumes, nahm den Schießbedarf heraus und lud. Allein der alte Hort der Familie schien sie nicht in seiner unmittelbaren Nähe dulden zu wollen; sie glitt ab und fiel zu Boden. Das Laub, wie von düsterer Ahnung bewegt, flüsterte traurig.

Eben wollte Perico hinausgehen, da fand er sich seiner Mutter gegenüber. Ihre unruhige Besorgniß ließ sie jedes Geräusch vernehmen, und so hatte sie denn auch gehört, daß ihr Sohn zurückgekehrt war.

„Wohin gehst Du, Perico?" fragte sie.

„Auf's Feld; ich habe Ihnen bereits mitgetheilt, daß die Ziegen zu Schaden gegangen sind."

„Warst Du beim Tanz?"

„Ja."

„Und Rita?"

„War nicht da. Maß Maria fängt an, kindisches Zeug zu reden."

Anna athmete auf, obgleich andererseits der außergewöhnlich barsche Ton ihres Sohnes, seine kurzangebundenen Antworten der Mutter, die ohnehin bekümmert war, auffielen.

„Gehe jetzt nicht auf's Feld, mein Sohn!" flehte sie.

„Ich soll nicht hinaus auf's Feld? und weshalb?

„Was weiß ich? Mir sagt's mein Herz, daß Du nicht fort sollst, und Du weißt, mein Herz meint es ehrlich und treu."

„Ja, das weiß ich," versetzte Perico, aber mit so bitterem Ton, daß seine Mutter zu fürchten begann, er habe Verdacht gefaßt, weil er Rita nicht beim Tanz gefunden.

„Nun, da Du es weißt, so gehe nicht," sagte sie zu ihm.

„Sennora," versetzte Perico, „die Weiber reizen oft die Männer, wenn sie dieselben bevormunden wollen. Man sagt, ich wäre unter Ihrem Unterrock groß gezogen worden; nun, jetzt will ich allein ausfliegen."

Er ging auf die Pforte zu.

„Ist das mein Sohn?" flüsterte die arme Mutter. „Er hat etwas vor, er hat etwas vor!"

Wie Perico die Pforte öffnete, gesellte sich sein treuer Begleiter, der brave Melampo, zu ihm.

„Zurück!" rief Perico und gab ihm einen Fußtritt.

Das arme Thier, an so schlechte Behandlung nicht gewöhnt, wich überrascht zurück; darauf aber sprang es — denn ein Hund trägt nichts nach und ist eben deßhalb mit seiner Liebe ein Muster der Selbstverleugnung und der Treue — nach der Pforte, um seinem Herrn zu folgen: sie war verschlossen. Nun begann Melampo jämmerlich zu heulen und bethätigte dadurch, daß diese Thiere wirklich ein nahendes Unheil durch ihr Gewinsel vorausverkünden.

Siebentes Kapitel.

Am folgenden Morgen erwachte Ventura voller Scham und aufrichtiger Reue; denn der Schlaf hatte aus seinem Kopf die Dünste verscheucht, die seine Vernunft umnebelt hatten. Ohne zu widersprechen, hörte er daher die gerechten, schmerzlichen Vorwürfe seines Vaters in Bezug auf sein jetziges und sein früheres Betragen an.

„Sie haben vollkommen Recht, Vater," erwiederte er, „und ich kann Ihnen nichts weiter sagen, als daß ich nicht wußte, was ich that. Das drückt mich jetzt schwer. Der Wein! der verwünschte Wein! Ich werde Perico in Gegenwart des ganzen Dorfes Genugthuung geben; das ehrt mich selber mehr als den Beleidigten."

„Wie willst Du ihm Genugthuung geben?" fragte Pedro.

„Hundert für eine, Vater."

„Wirst Du Elvira heirathen?"

„Mit tausend Freuden."

„Wirst Du ihr das Leben angenehm machen?"

„Bei diesem Kreuz!" erwiederte er und machte das Zeichen mit den Fingern.

„Werdet Ihr nach Alcala gehen?"

„Herr Vater, selbst bis nach Pennon."

Tiefgerührt betrachtete der Vater einen Augenblick seinen Sohn, dann sagte er:

„Da dem so ist, so mag Gott Dich segnen, Sohn."

Beide begaben sich in das Haus der Anna, um Perico aufzusuchen. Anna theilte ihnen mit, daß er fortgegangen wäre.

Wie sie die Beiden erblickte und auf dem Gesicht Pedro's den Ausdruck der Zufriedenheit und Freude bemerkte, beruhigten sich ihre unbestimmten, aber aufregenden Befürchtungen, und ihre Hoffnungen mehrten sich, als sie sah, wie Ventura sich Elvira näherte und mit liebevoller Zuthulichkeit sie unterhielt, während Pedro geheimnißvoll und nach Ventura mit den Augen zwinkernd zu ihr sagte:

„Der Bursche da hat mit seiner Heirath Eile; also nicht so langsam mit Ihren Zurüstungen zur Hochzeit, Gevatterin, denn junges Volk ist nicht so träge wie wir."

Sie gingen dann fort, Ventura nach dem Gut, dessen Wächter er war, Pedro, der nach seinem Felde sehen wollte, geleitete ihn, da Beide denselben Weg hatten.

Der Weizen auf dem Acker stand prächtig, allein er war voller Unkraut.

„Das Unkraut macht sich breit," meinte Ventura.

„Wenn die Jahreszeit das Unkraut aufruft," versetzte Pedro, „unterdrückt es den Weizen; denn es ist das eheliche Kind der Erde, der Weizen blos ihr angenommenes. Aber ist Gott uns gnädig wird es uns im Hause nicht an Weizen fehlen, und," fügte er lächelnd hinzu, „auch nicht für die, welche etwa noch dazu kommen sollten."

Sie trennten sich und Ventura betrat den Olivengarten.

Pedro hatte ihn mit seinen Blicken verfolgt.

„Einen Sohn wie diesen," dachte er bei sich, „hat kein König. In ganz Spanien giebt es keinen, der ihm gleich kommt. Ist der Körper schön, seine Seele ist noch schöner."

Kaum hatte Ventura einige Schritte in dem Oliven=
garten gethan, so sah er Perico mit seiner Flinte in
einiger Entfernung hinter einem Oelbaum hervortreten.

Perico schrie ihm zu: „Ich habe was Lächerliches in
meinem Gesicht, meinen Dank dafür; aber ich habe auch
was in meiner Hand, was das Lachen benimmt. Ich
bin ein feiger Wicht und ein Eidechsentödter; ich werde
mich jedoch des Schimpfs entledigen, den Du mir an=
than hast."

„Perico, was willst Du thun?" rief Ventura und
stürzte auf ihn zu, um ihn an seinem Vorhaben zu
hindern.

Der Schuß fiel; tödtlich verwundet stürzte Ventura
zu Boden.

Pedro hörte den Schuß und erschrak.

„Was war das?" rief er. „Aber was kann es sein?"
fügte er nach einiger Ueberlegung hinzu, „Ventura wird
ein Rebhuhn geschossen haben. Es war nicht weit, ich
muß doch nachsehen."

Eiligst folgte er den Pfad, den sein Sohn eingeschla=
gen hatte; er sah eine Gestalt am Boden liegen. Er
trat näher. „Gott des Himmels und der Erden, ein
Ermordeter! und dieser Ermordete ist mein Sohn!"

Der arme Greis sank an dessen Seite nieder.

„Vater," sagte Ventura, „noch besitze ich Lebenskraft;
kommen Sie zu sich, helfen Sie mir! Gehen wir nach

dem nahen Gehöft; senden Sie nach einem Beichtvater, damit ich als Christ sterbe."

Der Herr der Barmherzigkeit verlieh dem armen Vater Kräfte. Er hob seinen Sohn auf, der, gestützt auf den Vater, einige Schritte that und die Seufzer unterdrückte, welche die wüthenden Schmerzen seiner Brust entpreßten.

Die Leute auf dem Gehöft vernahmen eine klägliche Stimme, welche um Hülfe rief. Alle stürzten hinaus. Sie sahen auf dem Pfade den unglücklichen Vater daherkommen; auf seine Schultern stützte sich sein sterbender Sohn. Sie umringten Beide.

„Einen Priester! einen Priester!" rief Ventura mit erstickter Stimme.

Ein Bote eilte auf dem allerschnellsten Pferde nach dem Dorfe.

„Den Chirurgen! den Chirurgen!" rief der Vater.

„Das Gericht!" fügte der Gutsverwalter hinzu.

Man legte Ventura auf eine Matratze und suchte das Blut, das aus der Wunde strömte, zu stillen.

So verging eine Stunde voller Angst und Besorgniß.

Da hört man den eiligen Hufschlag nahender Rosse. Es ist der Bote, der zurückkehrt, und mit ihm kommt der Geistliche. Der Beistand, der zuerst anlangt, ist der der Religion.

Der Priester naht sich; auf seiner Brust trägt er die geweihte Hostie.

Alle werfen sich auf die Kniee.

Pedro findet bei seiner Verzweiflung einige Erleichterung darin, daß er Thränen vergießen kann.

Der Priester und der Sterbende werden allein gelassen. Ein feierliches Schweigen herrscht auf dem Gehöft, nur durch das Schluchzen Pedro's unterbrochen.

Der Diener Gottes verläßt das Zimmer. Eine liebliche Ruhe ist über das Gesicht des mit Gott Versöhnten ausgebreitet.

Jetzt tritt der Chirurg ein, der soeben angelangt ist.

Pedro erwartet mit krampfhaft gefalteten Händen den Ausspruch des Sachverständigen, sinkt dann zu Boden und wird fortgeschafft.

Nun kommen der Alcalde und der Schreiber; sie nähern sich dem Verwundeten, der mit geschlossenen Augen daliegt. Die Blässe des Todes bedeckt sein Antlitz.

„Sennor Alcalde," spricht der Chirurg, „er ist nicht mehr im Stande, irgend eine Aussage zu thun, schon liegt er in den letzten Zügen."

Diese Worte vernimmt Ventura.

Mit der ihm angeborenen Energie öffnet er die Augen und spricht mit deutlicher Stimme:

„Fragt, noch vermag ich zu antworten."

Der Schreiber legt das zum Protokoll Erforderliche zurecht und der Alcalde fragt:

„Wer ist Ursache Deines Todes?"

„Ich selbst," erwiederte Ventura mit aller Bestimmtheit.

„Wer hat Dich getödtet?"

„Der, dem ich es verziehen habe."

„Wie, Du verzeihst dem Mörder?"

„Vor Gott und vor den Menschen." Dies waren seine letzten Worte.

Der Geistliche erfaßte seine Hand.

„Laßt uns das Credo beten!" sagte er.

Alle knieten nieder, und der Schutzengel, der eine Seele aushauchen sieht, während sie dem Mörder verzeiht, umarmt sie wie eine Schwester, noch ehe er den Urtheilsspruch Gottes vernommen hat.

Achtes Kapitel.

Die Frauen waren in dem Zimmer Anna's zusammengekommen, und obgleich außer Rita keine von ihnen wußte, was den Abend vorher vorgefallen war, so herrschte doch ein trauriges Schweigen, denn die einfältige Schwätzerin Maria ließ sich noch immer nicht vernehmen.

„Ich weiß nicht," sagte sie endlich, „was und wie mir ist, aber heut will mir das Herz die Brust zersprengen."

„Mir geht es ebenso," fügte Elvira bei; „mit meinem Athmen macht sich's schlecht, und es kommt mir vor, als läge mein Herz in Fesseln. Sollte die Luft daran schuld sein? Werden wir ein Donnerwetter bekommen, Tante Maria?"

„Meine arme Tochter," dachte Anna; „das Heilmittel kommt zu spät. Die Erde verlangt Deinen Leib und der Himmel Deine Seele."

„Na, mir ist wie immer zu Muth," sagte Rita, und doch konnte sie vor lauter Unruhe nicht still sitzen.

Angela hatte aus einem Lappen eine Puppe gemacht, dieselbe auf einen Ziegel, der als Wiege dienen mußte, gelegt, und das dumpfe Schweigen, welches auf die kurze Unterredung folgte, wurde nur von der feinen Stimme des Mädchens unterbrochen. Dasselbe sang nach der sanften, einförmigen Melodie des Wiegenliedes, der manche Mütter einen so einfachen Zauber und eine unbeschreibliche Anmuth zu verleihen wissen, diese Worte:

„Ruh'st Du in meinem Arm,
Denk' ich nur d'ran,
Was aus Dir wird, mein Kind,
Wenn ich nicht um Dich bin.
Und die Engelein im Himmel

. . . .

Der kindliche und sanfte Gesang wurde plötzlich durch das hellschallende, ernste Geläut der Kirchenglocke unterbrochen; die Klänge verschwammen langsam und allmählich in der Luft, als eilten sie zu höheren Regionen empor.

„Seine Majestät!" sagten Alle und erhoben sich.

Anna betete laut für den, der soeben die letzte Oelung empfing.

„Für wen kann das sein?" sprach Maria; „ich wüßte doch Niemanden im Dorfe, der ernstlich krank wäre."

Rita trat an das Fenster und fragte eine vorübergehende Frau, wer der Kranke wäre?

„Ich weiß es nicht," lautete die Antwort, „aber er muß außerhalb des Dorfes sein."

Eine andere Frau kam herbei und sagte: „Herr Jesus! es ist ein Mord geschehen! Dem Geistlichen sind sogleich das Gericht und der Chirurg gefolgt."

„Herr Jesus! Herr Jesus! Gott stehe ihm bei!" riefen
Alle mit jener tiefen Erregung und mit dem grausigen
Schreck, den das furchtbare Wort: ein Mord! zu ver=
ursachen pflegt.

„Und wer kann es sein?" fragte Rita.

„Wer kann es wissen?" versetzte die Frau.

Jetzt läutete die Glocke das Sterbegeläut, jenes feier=
liche, düstere Geläut, die Stimme der Kirche, welche dem
Menschen verkündet, daß einer seiner Brüder den Kampf
mit der Todesangst kämpft und vor dem furchtbaren
Richterstuhl erscheinen soll. Wohl macht es einen ernsten
Eindruck, wenn die Kirche also zu der Menge redet, die
da sich tummelt in nichtiger Geschäftigkeit, die ihr als
so wichtig erscheint, und in vorübergehenden Leidenschaf=
ten, die sie für ewig hält. „Haltet einen Augenblick inne
aus Achtung vor dem Tode, und indem Ihr erwägt,
daß einer Eures Gleichen die Erde verläßt, wie auch
Ihr sie morgen verlassen werdet." Allein diese Stimme,
die da vom Tode redete, diese Stimme, die da sagte:
Betet und geht in Euch! paßte nicht für das Jahr=
hundert der Aufklärung. Die Erleuchtung sollte sich
mit dem Tode befassen? So etwas paßt höchstens
für die Karthäuser. Die Erleuchtung gebot daher der
Kirche Schweigen, denn ihre Stimme war derselben
lästig.

Sie verharrten in tiefem Schweigen, aber sie waren doch auf's Gewaltigste erschüttert. So erscheint zuweilen die Oberfläche des Meeres ganz ruhig, allein sein Schooß ist erfüllt von tiefen, mächtigen Wellen; die Schiffer nennen das das Grundmeer.

Aber nicht ihnen allein erging es so, das ganze Dorf war bestürzt, denn der Tod, den die Hand eines Menschen herbeiführt, erregt schauderndes Entsetzen. Ist es ja der Fluch, den Gott mit aller Erhabenheit über alle Geschlechter gegen Kain aussprach.

„Wie langsam vergeht mir die Zeit!" sagte endlich Maria; „es kommt mir vor, als wenn der Tag geronnen wäre."

„Und die Sonne an den Himmel genagelt," fügte Elvira hinzu, „das nicht Wissen ist wie das nicht Sehen; man kommt aus aller Fassung. Am Ende sind's Räuber gewesen."

„Es kann auch eine unvorsätzliche Tödtung sein," versetzte Maria.

„Mas Anna, wer tödtet einen Menschen und weshalb geschieht es?" fragte Angelita.

„Wer kann es wissen," erwiederte Anna, „welches die Ursache und welches die Hand ist, die keck die Stelle der Hand Gottes einnimmt, um eine Fackel auszulöschen, die Er angezündet hat?"

Bei diesen Worten hörte man ein fernes Geräusch. Die Leute, von Theilnahme und Neugier bewogen, eilten auf die Straße. Man vernahm verwirrte Ausrufe des Entsetzens.

„Was ist das?" fragte Rita und eilte an's Fenster.

„Man bringt einen Todten hierher," hieß es.

„Elvira, tritt zurück!" sagte zu ihr die Mutter, „Du weißt ja, daß Du den Anblick eines Todten nicht ertragen kannst."

Elvira hörte diese Worte nicht, denn schon nahte sich ein Haufen Leute, die aus Freundschaft, Neugier oder Theilnahme die Leiche und deren Begleiter umgaben.

Anna und Maria traten gleichfalls an's Gitter. Die Leiche lag quer über einem Pferde und war mit einem Mantel bedeckt.

Gestützt von zwei Männern folgte ein Greis, den Kopf auf die Brust gesenkt.

Sie schauten ihn an. „Allmächtiger Gott! . . . Es ist Pedro!"

Sie stießen gleichzeitig einen Schrei aus.

Wie Pedro den vernahm, hob er sein Haupt und erblickte Rita. Verzweiflung und Wuth gaben ihm das

Leben wieder. Gewaltsam entriß er sich den Armen seiner Begleiter, stürzte auf das Pferd zu und rief:

„Sieh hier Dein Werk, liederliches Weib! Perico hat ihn getödtet!"

Bei diesen Worten lüftete er den Mantel und deckte die Leiche Ventura's auf. Bleich, mit Blut bedeckt, eine tiefe Wunde in der Brust, lag er da.

Dritter Theil.

Erstes Kapitel.

In einer stürmischen Nacht war der Himmel mit flüch=
tigen Wolken bedeckt, die der Wind vor sich hertrieb und
die sich deshalb um so mehr beeilten, ihre Fluthen los zu
werden. Manchmal trennten sie sich auf ihrer Flucht und
dann erschien der Mond sanft und ruhig, als wollte er
Friede und Eintracht den Kämpfenden zurufen.

Während der kurzen Augenblicke, in denen das lieb=
liche Licht Himmel und Erde erhellte, hätte man auf
einem einsamen Wege einen bleichen, abgezehrten Mann
wahrnehmen können. Sein Gang war unsicher, seine
Augen sahen ängstlich darein, die Erregung in seinen
Gesichtszügen ließ deutlich erkennen, daß dieser Mann sich
auf der Flucht befand.

Auf der Flucht! Er mied bewohnte Orte, floh vor

10*

Seinesgleichen, floh vor der menschlichen Gerechtigkeit, floh vor sich selbst und vor seinem Gewissen, denn dieser Mensch war ein Mörder, und wer ihn so düster und erregt wie die Wolken dort oben vor der unsichtbaren Gewalt, die sie verfolgte, fliehen sah, der hätte in ihm nicht den ehrenwerthen Mann, den gehorsamen Sohn, den liebenden Gatten, den zärtlichen Vater erkannt, was Alles er noch wenige Tage zuvor gewesen war; jetzt war er ein elendes Wesen, das dem unerläßlichen Spruch des Gesetzes verfallen war.

Ja, dieser Mensch war Perico; er suchte nicht den Frieden, der ihm für immer verloren gegangen war, sondern er entfloh der Gegenwart und entsetzte sich vor der Zukunft.

Verzweiflungsvolle Tage und grausige Nächte hatte er an den allereinsamsten Orten durchlebt. Eicheln und Wurzeln waren seine einzige Nahrung gewesen. Er mied das Auge der Menschen, als wären sie insgesammt seine Richter, und das Tageslicht, als wollte es ihn anklagen. Aber es gab kein Dunkel, um die Bilder zu verhüllen, die ihm deutlich und klar vor Augen standen, kein Schweigen, in welchem deren Angstrufe verhallt wären. Diese Bilder waren die blutige Leiche Ventura's, die trostlose, arme Mutter, der Schmerz seiner unglücklichen Schwester, seine verlassenen Kinder, die Verzweiflung des alten Freundes seines Vaters, die Verachtung seiner ehrenwer=

then Verwandten, und vor Allem tönte ihm stets die furchtbare, traurige Todtenglocke in den Ohren, mit der die Kirche sein Schlachtopfer aufgenommen hatte.

Vergeblich flüsterte ihm der Stolz durch seine Vermittlerin, die Ehre, zu, daß das, was er gethan, geschehen mußte, da er sonst sich als ein Feigling benommen hätte, daß die Beleidigungen, welche ihm widerfahren, bei weitem größer wären, als die Rache, die er genommen. Schwieg auch einmal das tobende Geschrei der Leidenschaften, dann erhob sich um so deutlicher und strenger, wenn sie wie alles Menschliche ohnmächtig sich zurückzogen, eine Stimme, die ewige Stimme des Gewissens, und sagte zu ihm: O, hättest Du es nicht gethan!

Auf den Flügeln des Windes kam ein seltsamer Ton daher, bald deutlicher, bald schwächer, je nachdem der Wind stärker oder schwächer blies. Was konnte das sein? Den Schuldigen entsetzt Alles. War es das Geheul des Windes, eine Flöte oder ein Wehklagen? Je mehr es sich inzwischen Perico näherte, desto unerklärlicher erschien es. Die Richtung, welche der Unglückliche verfolgte, näherte ihn immer mehr dem Ursprung des Tones. Er kam heran. Sein Entsetzen kannte keine Grenzen, als plötzlich eine schwarze Wolke den Mond bedeckte, so daß Perico nichts um sich her zu unterscheiden vermochte und

er den furchtbaren Ton gerade über seinem Kopfe ver=
nahm. Er klang so traurig, so unbestimmt, so grausig!

Jetzt theilten sich die Wolken; klar verbreitete sich das
bleiche Mondlicht wie ein Mantel durchschimmernden
Schnees. Aus dem Geheimniß der Schatten tritt Alles
deutlich hervor. Vor ihm liegt Ecija, es schläft in dem
Thal wie ein weißer Vogel in seinem Nest. Er erhebt
sein Gesicht und schaut dahin, wo der seltsame Ton er=
klingt. Welch Entsetzen! Auf fünf Pfeilern erblickt er
fünf Menschenköpfe. Sie ließen das Schmerzensgewim=
mer vernehmen, als wollten die Todten an die Lebenden
einen Mahnruf ergehen lassen*).

Erschrocken wich Perico zurück und bemerkte erst jetzt,
daß er sich dort nicht allein befand. An einen der Pfei=
ler gelehnt stand ein Mann. Derselbe war hochgewach=
sen und kräftig; man sah ihm Muth und Energie an.
Er trug den reichen Anzug der Schmuggler; sein ge=
bräuntes Antlitz war rauh, keck und frech. In der Hand
hielt er seinen Hut; er entblößte vor diesen Pfeilern der
Schmach ein Haupt, was ihm sonst stets bedeckt blieb;

---

*) Dieses seltsame Phänomen ist von verschiedenen Seiten
bestätigt worden, und es findet seine natürliche Erklärung in dem
Geräusch, welches der Wind macht, wenn er durch die Halsöff=
nung, durch den Mund und durch die Ohren der so aufgestellten
Köpfe fährt.

denn obgleich dieß Haupt das eines Geächteten, eines Mannes ist, der alle gesellschaftlichen Bande zerrissen hat, der vor nichts in der menschlichen Gesellschaft Achtung hat, so glaubt doch dieser ruchlose Mensch an Gott; obschon er ein Verbrecher ist, so ist er doch ein Christ und betet*).

Was sagt ihr dazu, ihr Ungläubigen, wenn in dieser energischen, unbezwungenen Natur, die sich von Allem losgesagt hat, ein Funken religiöser Andacht erglimmt, wie in dem Feuerstein ein Funken? Ist das abergläubische Furcht?

Aber diesem Menschen ist Furcht ein Wort ohne allen Sinn.

Ist es Heuchelei?

Ihn sehen ja nur fünf Todtenschädel.

Ist es Geistesschwäche?

Dieser Mensch besitzt eine solche Seelenstärke, wie sie in der Gesellschaft unbekannt ist; hier bedürfen Alle

---

*) Der berühmte Maler Tegeo hat diesen selben Gegenstand in einem vortrefflichen Gemälde dargestellt. Als wir den darnach angefertigten Kupferstich erblickten, war obige Scene bereits niedergeschrieben, so daß Feder und Pinsel sich unbekannter Weise hierbei begegnet sind. Der Künstler stattet die Beschreibung mit seinen Gedanken aus, wie wir das Gemälde mit den unsern.

etwas, worauf sie sich stützen können, er stützt sich auf nichts.

Ist es eine Erinnerung an seine Kindheit? ein seiner Mutter dargebrachtes Opfer, die ihn beten lehrte?

Dergleichen giebt es nicht für einen verlassenen Waisenknaben, der unter den seiner Hut anvertrauten Stieren aufwuchs.

Was ist es also, was diesen Starrkopf beugt, und ihn veranlaßt, vor der Leiche eines seiner Mitmenschen zu beten?

Nach einigen Minuten war dieser Mensch mit seinem Gebet zu Ende; er setzte den Hut auf, zog den Mantel fester über seine Schultern, ging auf Perico zu und sprach:

„Woher des Weges, Herr?"

Perico wollte und konnte nicht anworten; ein Schwindel hatte ihn befallen.

„Ich sage, woher des Weges?" wiederholte der Unbekannte.

Perico verharrte bei seinem Schweigen.

„Seid Ihr," fuhr der Fragende fort, „seid Ihr stumm, oder habt Ihr nicht Lust uns zu antworten? Wenn dem so ist, so giebt es hier einen Mund," und dabei wies er auf sein Gewehr, „der die Leute zwingt, Rede und Antwort zu stehen, wenn es mir nicht gelingen sollte."

Die verzweifelte Lage, in der sich Perico befand, hatte

ihn dermaßen erbittert, daß er schon nicht mehr über=
legte, und der Vorwurf der Feigheit, der ihn betroffen,
stand als ein glühendrother Fleck auf seiner Stirn, gleich
dem frischen Brandmal, welches das Eisen der Schande
aufdrückt; deßhalb antwortete er ohne Weiteres, indem
er seine Flinte ergriff:

„Nun, hier giebt es auch einen Mund, der in dem=
selben Ton antwortet, in welchem er gefragt wird.“

Der Unbekannte hegte keine feindlichen Absichten und
war ebenso wenig gewillt, seine Drohung auszuführen,
nicht etwa weil es ihm an Muth gebrach, denn er war
der Entschlossenste von Allen, die die Ebene und die Ge=
birge Andalusiens bewohnten. Weit entfernt daher, die
Tapferkeit des hagern, abgezehrten jungen Mannes zu
reizen, fand er Gefallen an ihm und sagte ihm daher
bloß:

„Kamerad, mir behagt es, erst den Hut abzunehmen,
bevor ich den Degen ziehe, aber ebenso gefällt es mir
auch zu wissen, mit wem ich rede und auf meinem Wege
zusammentreffe. Ihr besitzt Muth, wenn Ihr mich hier
verachtet, denn es heißt, daß Diego mit seiner Bande
in dieser Gegend sein Wesen treibt, und Ihr werdet so
gut wie ganz Spanien wissen, wer Diego ist. Wohin
der sieht, trifft's wie eine Kugel; bei seinem Anblick er=
zittert selbst das Laub an den Bäumen, und bei seinem
Namen erzittern die Todten in ihren Gräbern.“

Das Alles sprach er ohne andalusische Prahlerei, die heut zu Tage kaum noch Maß und Ziel findet; er sprach's mit natürlichster Ueberzeugung und mit der Ruhe der Wahrheit.

„Was gehen mich Diego und seine Bande an?" rief Perico nicht keck, sondern mit größtem Kleinmuth.

Indem er dieß mit schwacher Stimme sprach, schwankte er hin und her und stützte sein Haupt auf seine Flinte.

„Was ist mit Euch? was habt Ihr?" fragte der Unbekannte, wie er Perico's Schwäche bemerkte.

Dieser antwortete nicht, denn seine Kraftlosigkeit war zu groß, und diese, so wie die Aufregungen der letzten Tage bewirkten es, daß er bewußtlos zu Boden stürzte.

Der Unbekannte kniete neben ihm nieder und hob sein Haupt in die Höhe. Voll schien der Mond in dieß Antlitz, dessen Schönheit selbst durch die Todtenbläſſe und durch die Spuren hervorleuchtete, welche Leidenschaften, Angst und Schmerzen auf demselben hinterlaſſen hatten.

„Er ist todt!" flüsterte er, indem er seine rauhe Hand auf Perico's Herz legte, das noch vor wenigen Tagen so rein wie der Himmel im Mai gewesen war.

„Nein," fuhr er fort, „noch ist er nicht todt, aber er wird hier wie ein Hund sterben müssen, wenn er keinen Beistand erhält."

Er betrachtete ihn wiederum und fühlte in sich den edlen Magnet, der die Stärke zur Schwäche, die Macht zur Hülfslosigkeit hinzieht; denn die Pessimisten mögen sagen was sie wollen, ein göttlicher Funken ist in jeder menschlichen Natur.

Er stand auf und pfiff.

Da vernahm man den lebhaften, jugendfrischen Galopp eines prächtigen Pferdes, welches mit erhobenem Hals seine Mähne dem Winde überließ, herbeikam und sich mit munterm Gewieher vor seinen Herrn hinstellte; dabei drehte es seinen feinen Kopf und seine glänzenden Augen um, als wollte es den Steigbügel darbieten.

Der Unbekannte nahm Perico in seine kräftigen Arme, setzte ihn auf's Pferd, sprang hinter ihm hinauf, spornte das Pferd sanft, und das edle Thier eilte stattlich und leicht davon, ohne sich um die verdoppelte Last zu kümmern.

Zweites Kapitel.

In einem einsamen Wirthshause, gleich einem Bettler abseits von der Heerstraße versteckt, saßen ruhig der Wirth und sein Weib am Feuer. Am Tage hatten sie zu thun die Fülle gehabt, jetzt in der Nacht herrschte rings um sie tiefstes Schweigen, wie die Bewohner sumpfiger Gegenden ähnlichen Wechsel bei ihren Fieberanfällen erfahren.

„Jener halsstarrige Schiffer," sagte die Wirthin, „hat nicht wohl daran gethan, als er sich in den Kopf setzte, daß er eine neue Welt entdecken müßte, und nicht eher Ruhe gab, als bis er sie ausfindig gemacht hatte. Hatte der König nicht bereits Kummer und Sorge um diese hier? Und wozu hat es genützt? Uns unsere Kinder wegzunehmen und uns die ansteckende Krankheit zu bringen. Sprich, Andres, und schlafe nicht wie eine Ratze, hat es zu was Anderem genützt?"

„Ja, Frau, ja," versetzte der Wirth und blinzelte mit den Augen, „von dort kommt das Silber."

„Wehe über das Silber!" rief die Wirthin.

„Und der Tabak," fügte der Wirth langsam und schläfrig hinzu, indem er wieder einnickte.

„Verwünscht sei der Tabak!" rief wieder voll Ingrimm die Wirthin. „Glaubst Du denn, schlechter Vater, daß das Silber und der Tabak die Menschenleben werth sind, die sie kosten, und die Thränen, die sie veranlassen? Mein Herzenssohn! Gott weiß, was in jenem Lande aus ihm werden wird, wo sie die Menschen wie die Wanzen tödten, und Alles, selbst die Luft vergiftet ist."

Da vernahm man ein seltsames Pfeifen.

Sofort sprang der Wirth auf, zündete eiligst die Lampe an und lief mit den Worten nach der Thür:

„Der Kapitän."

Wie er mit der Lampe in der Hand auf die Schwelle trat, fiel das rothe Licht auf einen Reiter, der, wie es schien, eine Leiche vor sich hatte.

„Helft mir diesen Mann herunternehmen," sagte der Reiter mit jener rauhen Stimme, wie sie Menschen von wenig Worten eigen ist.

Der Wirth gab die Lampe seiner Frau, die herzuge= treten war, und beeilte sich, dem Befehl Folge zu leisten.

„Gott schütze mich! Ein Todter!" rief die Wirthin. „Bei der allerheiligsten Jungfrau! Sennor, bringt ihn nicht in unser Haus!"

„Er ist nicht todt," versetzte der Reiter, „er ist krank. Tragt für ihn Sorge, denn dazu sind die Weiber da. Hier ist Geld für Kost und Pflege."

Bei diesen Worten gab er eine Goldmünze hin und verschwand in der Finsterniß, während der wohltönende, gemäßigte Galopp seines Pferdes immermehr in der Ferne verklang, wie ein bestimmter Gedanke verschwimmt, wenn sich der Schlaf unserer Sinne bemächtigt.

„Na, das ist eine schöne Geschichte!" brummte Mar= tha. „Was gilt's, er hat ihn mit eigner Hand so zu= gerichtet, dann macht er sich auf und davon und hier bleibt uns der Kloß auf dem Halse. Tragt für ihn Sorge! Als wenn es an einem Todten oder an einem, der es bald sein wird, was zu heilen gäbe. Ist denn unser Wirthshaus ein Hospital? Bildet sich dieser Lebens=

retter nicht ein, daß er blos zu befehlen hat, als wenn
er der König wäre!"

„Ruhig!" sagte der ängstliche Wirth. „Willst Du
schweigen, ungewaschenes Maul! So von Diego zu
reden! Die Weiber sind der leibhaftige Teufel. Wes=
halb brummst Du, da Du doch weißt, daß man die Be=
fehle dieser Leute erfüllen muß? Außerdem ist es ein Lie=
beswerk: also angefaßt!"

Sie richteten so gut wie möglich ein Lager in einer
Dachkammer her.

„Man sieht keine Spur eines Schlages oder einer
Wunde," sagte Andres, als er den Kranken entkleidete.
„Siehst Du, Frau? Es ist irgend eine Krankheit."

„Sieh doch, sieh doch, Andres," rief Martha, „er
hat ein Skapulier der Jungfrau von Carmen um den
Hals!"

Und als hätte dieser Anblick oder der Einfluß des
geweihten Brüderschaftszeichens in ihr alle edlen Gefühle
christlicher Demuth erweckt, als hätte die Brüderschaft ihr
die heilige Lehre wie in der Erbauungsstunde vernehm=
lich zugerufen: den Nächsten wie Dich selbst! rief sie aus:
„Du hast Recht, Andres; es ist ein Liebeswerk, ihm Bei=
stand zu leisten. Der Aermste! wie jung er ist und wie
hülfsbedürftig! . . . Ach, seine arme Mutter. Wohlan,
wohlan, Andres, was stehst Du denn hier wie ein Pfahl?
Fort mit Dir! Hole Wein, um seine Schläfe damit

einzureiben; schlachte eine Henne, ich werde ihm eine Suppe bereiten."

„So geht es," murmelte Andres, als er fortging. „Erst will sie ihn nicht im Hause dulden und jetzt weiß sie nicht, mit was Allem sie ihm aufwarten soll. Die Weiber! der Teufel mag aus ihnen klug werden!"

Martha leistete dem Unglücklichen unermüdlich Beistand; er litt am Fieber und sprach während des Deliriums fürchterliche Dinge.

Den folgenden Abend kam ein Mann mit einem häßlichen Gesicht und abstoßendem Aeußern in's Wirthshaus. Er hatte auf der Festung gesessen und führte den Spitznamen: der Festungssträfling.

„Gott schütze Sie," sagte der Wirth als er ihn eintreten sah, mit mehr Furcht als Herzlichkeit. „Was bringt Sie hierher?"

„Eine Laune des Hauptmanns; daß er verrecken möge! Denn komme ich nicht her, um mich nach einem Kranken zu erkundigen, als wäre ich ein von Nonnen abgesandter Bote?"

„Es geht ihm nicht zum Besten," versetzte der Wirth. „Er hat ein stiermäßiges Fieber. Er spricht wahnsinniges Zeug und von einem Mord, den er begangen hat, auch von Todtenköpfen . . ."

„Oho! der Mensch ist dazu da, die Waffen zu führen," meinte der Festungssträfling. „Laßt ihn uns sehen."

Sie stiegen zur Dachkammer hinauf.

„Den ganzen Tag hat mir das Hemde am Leibe ge=
klebt," sprach der Wirth, „denn ich hatte Gäste, sogar
Soldaten, und wenn die ihn gehört hätten . . ."

Inzwischen betrachtete der Sträfling den jugendlichen,
feinen, abgezehrten Perico und sagte verächtlich zum
Wirth:

„Wenn er Euch lästig ist, liefert ihn dem Könige
aus."

„Nein, nein," rief Martha. „Ich habe einen Sohn
in Amerika, dem es jetzt ebenso wie diesem hier ergehen
kann; er kann auch von Allen verlassen sein und wie
dieser nach seiner Mutter rufen. Der Unglückliche!"

„Nein, nein, Sennor, wir werden ihn nicht ohne
Schutz und Schirm lassen, so wenig wie die Sennora,
deren Skapulier er trägt, und so wenig, wie ich . . ."

„Stopfen Sie ihn mit Confekt," sagte der Sträfling,
als er wieder hinunterging.

„Was giebt es Neues?" fragte er den Wirth.

„Man hat einen Preis auf den Kopf des Diego aus=
gesetzt."

„Wie war das?" fragte der Sträfling nochmals mit
einer auffälligen, gierigen Theilnahme.

Der Wirth wiederholte seine Worte.

Da schwieg der Sträfling einen Augenblick, dann
fuhr er gleich fort:

„Wo glaubt man, daß wir uns aufhalten?"

„In der Gegend von Despennaperros."

„Verfolgt man uns?"

„Ja; eine Kavallerie-Abtheilung ist in Sevilla, eine Infanterie-Abtheilung in Cordoba und eine Abtheilung Bergsoldaten in Utrera."

„Sie sollen sich eher die Schuhe zerreißen, als daß sie unsere Gesichter zu sehen bekommen," sagte der Sträfling, „und wenn wir die ihrigen erblicken werden, dann wird es ihnen theuer zu stehen kommen."

„Ja freilich, das wissen wir schon," versetzte Andres, „wer dem Diego unter die Augen kommt, der mag sich zuvor seinen Begräbnißplatz aussuchen; allein es können doch am Ende ihrer so viele sein . . ."

„Verlangen Sie etwa zu wissen," unterbrach ihn der Sträfling, „wie Ihnen ein Schlag in's Gesicht von meiner Hand bekommt?"

„Durchaus nicht!" entgegnete Andres und wich zwei Schritte zurück.

„Nun, so halten Sie ihre Zunge besser im Zaum. Bringen Sie mir Brot und Leichten*)."

Andres beeilte sich, das Bestellte herbeizuschaffen.

---

*) Nämlich Wein.

Der Bandit wollte eben fortgehen, da hörte er Mar=
tha's Stimme, die ihm zurief.

„Beinahe wären Sie mir durchgegangen," sagte sie.
„Nehmen Sie dieses Geld, übergeben Sie es dem Haupt=
mann und sagen Sie ihm, daß das, was ich an jenem
Burschen thue, aus Liebe und nicht um des Gewinnstes
willen geschieht."

„Nun, natürlich werde ich ihm einen solchen Grund
angeben," versetzte der Bandit. „Er leidet kein Nein,
weder wenn er sagt: gieb her, noch wenn er sagt: nimm
hin; damit ich jedoch mich Ihnen gefällig erweise, werde
ich das Geld für mich behalten."

Er gab dem Pferde die Sporen und verschwand.

„Das war eine schlimme Geschichte," sagte der Wirth
ungeduldig zu seiner Frau. „Ist das Geld in den Hän=
den dieses Erzspitzbuben besser untergebracht als in den
unsern, Du Thörin? Die Weiber! Es ist kein gutes
Haar an ihnen! Der Teufel mag aus ihnen klug
werden."

„Ich werde aus mir klug und Gott wird aus mir
klug," meinte das gute Weib und kehrte wieder nach der
Krankenkammer zurück.

Drittes Kapitel.

Die Pflege der guten Wirthin, die jugendliche Rü=
stigkeit Perico's besiegten die Krankheit und nach vierzehn
Tagen vermochte er aufzustehen.

Perico erwies sich Martha dankbar mit Worten, die
aus dem Herzen kamen, die jedoch tiefer gefühlt als be=
redt waren.

„Du hast mir nicht zu danken," sagte das gute Weib,
„sondern dem, der Dich hierher gebracht hat. In der
That, ich machte ein böses Gesicht, als Du hier zu uns
kamst, doch habe ich Dich bereitwillig aufgenommen, als
ich sah, daß Du ein guter Christ und ein guter Sohn
warst."

Mit tiefem Schmerz= und Schaamgefühl senkte Pe=
rico sein Haupt. Seine Körperschwäche hatte den wü=
thenden und blinden Ingrimm beseitigt, der bisweilen
sanfte und schüchterne Naturen dergestalt aufregt, daß sie
alles Maß überschreiten.

Die Aufbrausung, welche in ihm die Leidenschaften
verursacht hatten, sank zu Boden wie das Gas, wel=
ches aus dem Schaum des gährenden Weines empor=
steigt; die Ueberlegung blieb zurück, die ihm keine Er=
leichterung gewährte, wohl aber das Mittel, welches er sich
zu seiner Rache außersehn, verdammte.

Mit den wiedergewonnenen Kräften erwachte auch bei Perico die Angst vor der Zukunft, und sie wuchs, als Andres ihm insgeheim, damit es die Frau nicht merken sollte, sagte:

„Freund, Ihr seid jetzt wieder hergestellt, und da wäre es denn doch wohl nöthig, daß Ihr anderswo Euren Aufenthalt nähmt. Je größer die Freundschaft, Sennor, um so aufrichtiger muß man sein. Ihr habt hier während Eurer Fieberphantasien von einem Morde gesprochen, den Ihr begangen; ist was an dem und findet man Euch hier, wie würde es uns da ergehen, und das wäre unrecht, denn die Gerechten sollen nicht für die Sünder und dafür leiden, daß sie christliche Liebe erwiesen, mag Martha auch reden was sie immer will. Die will freilich Alles immer besser wissen, allein bei sich selber muß man mit der christlichen Liebe beginnen, wogegen allerdings meine Frau, die so dumm ist wie Bohnenstroh, sogar zu behaupten sich erkühnt, jene Liebe beginne beim Nächsten. Ich aber sage Euch aufrichtig, ich mag mit der Justiz, die eine zu gewichtige Hand hat, nichts zu schaffen haben."

Perico erwiederte nichts, sondern verabschiedete sich von Martha, der die Thränen in den Augen standen. Das gute Weib bedauerte es sehr, daß er fortging, denn sie hatte ihn liebgewonnen. Indem sie ihres Sohnes gedachte, wuchs ihre Theilnahme für den Unglücklichen;

indem Perico seiner Mutter gedachte, zog es ihn zu dieser braven Frau hin, die deren Stelle vertreten hatte.

Er nahm seine Flinte, und als er hinausging, kam ihm der Sträfling entgegen.

„Wohin des Weges?" fragte der ihn. „Also so macht Ihr euch auf und davon, ohne der guten Seele, die Euch schirmte, ein Gott bezahl' es zu sagen? Das ist nicht recht, Kamerad. Und dann, wohin wollt Ihr denn in aller Welt? Habt Ihr solche Eile, daß man Euch einkerkert?"

Perico antwortete nichts; er dachte nichts, er hatte keinen Willen.

„Wohlan, macht vorwärts!" fuhr der Sträfling fort. „Wir thun besser daran, wenn wir uns hier vor dem Kerker in Acht nehmen, als Ihr, daß Ihr euch beschützen lasset."

Perico folgte ihm maschinenmäßig.

„Sieh einmal, Martha," rief Andres, als er Perico in der Ferne mit dem Sträfling abziehen sah, „sieh einmal Dir dein verhätscheltes Bürschchen an; der ist ja ein echtes Kleinod! Geht er dort mit dem Sträfling!"

„Ach was!" versetzte Martha; „mag es drum sein. Ich sage Dir, Andres, er ist ein guter Sohn und ein guter Christ."

„Er ist ein Hansnarr und ein schlechter Kerl," meinte der Wirth, „der meine Hühner aufgefressen hat, und zum

Deixel noch einmal, ich sehe, daß er zu der Bande geht, und Du sagst, daß er ein guter Kerl ist. Der Teufel mag aus den Weibern klug werden!"

Perico und der Sträfling gelangten durch dichtes Dornengebüsch auf eine Höhe, wo der Hauptmann auf seine Büchse gelehnt stand. Am Abhange schliefen acht Mann unter seiner Obhut. An seiner Seite weidete sein schönes Pferd und erhob hin und wieder den Kopf, um seinen Herrn zu betrachten.

„Hier ist der Bursche," sagte der Sträfling, als er näher trat.

Ohne den Körper zu rühren, beschaute der Haupt=mann den Neuangekommenen von oben bis unten. Nach einer Weile sagte er dann:

„Seid Ihr ein Flüchtling?"

Perico gab keine Antwort und senkte das Haupt.

„Ihr habt Euch nicht zu fürchten," fuhr der Spre=cher fort und fügte sogleich in kurzen Sätzen hinzu:

„Die Menschen haben unheilvolle Stunden, und unter diesen gibt es welche, die sind roth wie Blut und schwarz wie die Trauer. — Eine einzige genügt, um einen Men=schen zu verderben und das Herz in einen Kieselstein umzuwandeln, so daß es nichts mehr fühlt und nicht mehr klopft, aber um so schwerer drückt. Der Mensch ist dann vernichtet, denn was vergangen, bleibt vergan=gen; da muß er sich denn auf seine muthige Brust ver=

laſſen. Das Leben iſt ein Kampf, tapfer muß man vor
ſich hinaus und nicht rückwärts wie ein Feigling ſchauen.“

„Das vermag ich nicht,“ fuhr Perico leidenſchaftlich
auf; „wenn Ihr wüßtet . . . .“

Der Hauptmann hob den Arm und gab Perico ein
Zeichen, daß er ſchweigen ſollte; darauf fuhr er fort:

„Hier behält Jeder das Seine für ſich wie einen
verſiegelten Brief, ohne daß die Uebrigen Neugier oder
Theilnahme bezeugen. Wißt Ihr nicht wo aus noch ein,
nun ſo bleibt bei uns; hier vertheidigen wir das Ein=
zige, was uns übrig blieb, unſer Leben. Was mich an=
belangt, ich vertheidige es nicht, weil es für mich einen
Werth hätte, ſondern um es nicht dem Henker überliefern
zu dürfen.“

„Aber Ihr raubt?“ fragte Perico.

„Man muß doch etwas vorhaben!“ verſetzte der Stra=
ßenräuber und wandte ſich um, gleich der Schildkröte,
wenn ſie ſich unter ihre rauhe und harte Schale zu=
rückzieht.

Perico nahm den Vorſchlag weder an, noch wies er
ihn zurück. Er war eine lebloſe Maſſe und ohne Willen;
der Zufall entſchied über ſeine elende Exiſtenz, wie der
Wind in der Wüſte über die des lebloſen, dürren Sandes.

Viertes Kapitel.

Während nach Verlauf der erzählten Begebenheiten eine Verbrecherbande die Existenz Perico's in's Schlepptau nahm, was war da aus den übrigen Gliedern seiner Familie geworden? Bis zu welchem Aeußersten waren sie durch Verzweiflung, Schmerz, Reue und Rachegefühl gebracht worden?

Pedro hatte sich seit jenem unheilvollen Tage, an welchem er seinen Sohn verlor, mit seinem Schmerz in seiner Behausung eingeschlossen. Der Geistliche und einige Freunde kamen dann und wann zu ihm, um ihm Gesellschaft zu leisten, nicht um ihn zu trösten, denn das war unmöglich; allein von seinem Schmerz konnten sie mit ihm reden, wie man aus den Schiffen das bittere Meerwasser auspumpt, ohne sie vollständig von demselben befreien zu können; es gilt bloß, sie vor dem Versinken zu schützen. Man hatte ihm den Vorschlag gemacht, wiederum den Verkehr mit der Familie Perico's zu beginnen, allein das war ohne Erfolg geblieben.

„Nein," erwiederte Pedro bei solchen Gelegenheiten; „ich habe ihm vor Gott und den Menschen verziehen; mein armer Sohn that es, bevor er starb; aber mit seiner Familie ohne Weiteres wieder Umgang zu pflegen, das geht nicht."

„Pedro, Pedro, das heißt nicht verzeihen,” sagte der Geistliche; „das heißt den Buchstaben, aber nicht den Geist des Gesetzes befolgen.”

„Herr Pfarrer,” erwiederte der arme Vater, „Gott verlangt nicht das Unmögliche.”

„Nein, aber was immer er verlangt, das ist möglich.”

„Sennor, Sie verlangen, daß ich ein Heiliger sein soll, und der bin ich nicht; fällt es doch schon schwer, ein guter Christ zu sein und zu verzeihen. Habe ich sie verfolgt? Habe ich das Gericht um seinen Beistand ersucht? Was konnte ich noch mehr thun?”

„Pedro, weise Männer sagen auf ihrem Lebenspfade auch für das ihnen widerfahrene Unrecht Dank.”

„Mein Gott, Herr Pfarrer, bei der allerheiligsten Jungfrau, keiner wird so kahl, daß man sein Gehirn erblicken könnte. Gott stehe Ihnen bei und sei Ihnen gnädig, aber jeder in seinem Hause und Gott in allen.”

Maria hatte sich mit ihrer Tochter in ihr Haus zurückgezogen; sie bedeckte den Schmerz und die Schande derselben mit dem Mantel christlicher Liebe; diese war der einzige Schirm, der Rita übrig blieb, da Alle ihr Betragen einstimmig und mit Recht mißbilligten und verachteten.

Vereinsamt, aber in ihrem unermeßlichen Schmerz durch ihre religiöse Ueberzeugung und durch ihr Gewissen

treulich unterſtützt, blieben die unglücklichen Schlachtopfer
Anna und Elvira.

So vergingen viele Monate.

Da kam nach dem Dorf eine Miſſion von zwei Ka=
puzinern.

Dieſe Miſſionen bezweckten den Sünder zu bekehren,
die Laugewordenen zu erwärmen, den Redlichen in ſei=
nem Lebenswandel zu beſtärken und den Traurigen zu
tröſten.

In dem Jahrhundert der Aufklärung ſind wir alle
gut, inbrünſtig, feſt und glücklich, deßhalb hat man dieſe
Miſſionen als überflüſſig aufgehoben.

Die Miſſionäre predigten des Abends und die Kirche
füllte ſich mit Volk, welches das Wort Gottes verneh=
men wollte, jenes Wort, das den Menſchen belehrt, wie
er gut werden kann. Jetzt giebt es Klubs, in denen
man den Menſchen belehrt, wie er frei werden kann, und
das iſt denn doch wohl beſſer und würdiger. Armes
Volk!

Die gute Maria bewog ihre Tochter, der Miſſion
beizuwohnen.

Und das bittere, verſchloſſene, heftige Schaamgefühl,
der verzweifelnde Schmerz der Rita fanden dort Reue,
Thränen über das Vergangene, Buße und Demuth für
die Gegenwart, und für die Zukunft jene göttliche Hand,

die den Gefallenen aufhebt, wenn er darum bittet in
Thränen gebadet und in der Asche hingestreckt.

An einem jener Abende handelte der Text der Pre=
digt von der Verzeihung der Beleidigungen.

Herrlich war das Thema! Heilig und erhaben wie
kein anderes. Der begeisterte Redner wußte es zu er=
schöpfen und das gläubige Volk es zu erfassen.

Wie der edle Missionär geendet hatte, warf er sich
nieder vor das Crucifix, und gelobte in seinem glühen=
den Eifer und mit heißer Liebe dem Herrn der Barm=
herzigkeit, im Namen des Volkes, das da ihm zu Füßen
kniete, es sollte den nächsten Abend kein einziges verhär=
tetes Herz, das sich nicht versöhnt hätte, in diesem Tem=
pel zu finden sein. Beifälliges Gemurmel und Schluch=
zen bestätigten das Gelübde des heiligen Apostels.

Der folgende Tag war ein Tag des Friedens und
der Liebe im Geist des Evangeliums. Die erbittertsten
Feindschaften hatten ein Ende; die sich bis dahin unver=
söhnlich gehaßt hatten, umarmten sich auf den Straßen,
und die Engel im Himmel hatten ihre Freude daran.

Pedro begab sich in das Haus der Anna *).

---

*) Die Person, die dies schreibt, war Augen= und Ohrenzeuge
einer solchen Mission. Was ist das doch für eine Religion, wenn
die Stimme eines ihrer armen Missionäre genügt, die stolzen und
starren Herzen der Spanier zu erweichen, und die erbittertsten

Der Eintritt in dieses Haus war entsetzlich für den Unglücklichen. Er ging auf Anna zu und umarmte sie schweigend. Die beklagenswerthe Mutter zitterte und suchte vergebens ihren Schmerz zu beherrschen. Wie sich aber Pedro zu Elvira wandte, die einem Schatten glich und unter strömenden Thränen ihre abgemagerten Hände rang, wie er die an seine väterliche Brust drückte, die er als seine Tochter betrachtet und geliebt hatte, da machte sich sein verhaltener Schmerz in den Worten Luft:

„Tochter, Tochter, Du und ich, wir haben ihn geliebt!"

Auch Rita ging in das Haus der Anna, um das zu bitten, was Pedro mit sich von dannen nahm.

Wie sie ihrer so schwer gekränkten Schwiegermutter gegenüberstand, sank sie auf die Kniee nieder. „Ich," rief sie, indem sie an ihre Brust schlug, „ich war schuld an Allem! Ich komme nicht, um Verzeihung zu erbitten, die ich nicht verdiene; ich komme, damit Sie mich züchtigen, ohne mir zu fluchen."

Und als sie sich zu Elvira wandte, genügte ihr das

Feinde dazu bringt, sich zu umarmen! Hat je die Aufklärung des Jahrhunderts ein Herz voll Haß in ein Herz voll Liebe umgewandelt? Wo giebt es eine protestantische Mission, die sich eines solchen Wunders rühmen könnte?

Knieen nicht mehr; sie beugte sich mit ihrem Antlitz zur
Erde und sprach laut schluchzend: „Du bist ja ein En=
gel, vergieb wie diese."

Die arme Maria stützte mit ihren Armen ihre auf's
Aeußerste gedemüthigte Tochter und blickte flehentlich und
unter Thränen Anna an.

Anna und Elvira hoben auf und umarmten, ohne
ein Wort des Vorwurfes auszusprechen, Diejenige, die
ihnen so viel Leid zugefügt hatte, und sorgten von die=
sem Tage an mit allen Kräften dafür, ihr Lebensmuth
einzuflößen, denn sie war die Unglücklichste von den dreien,
sie war ja die Schuldige.

Das Volk betrachtete mit Liebe die Sünderin, welche
frei und offen bereute. Freilich, die sogenannte gebildete
Welt findet in solchen religiösen Ereignissen einen Anlaß
mehr zum Tadel; sie vergißt keine Schuld und nennt
diejenigen, die sich als Gottes Kinder ansehen, Heuchler;
das Volk dagegen ist edelmüthiger und gerechter, es achtet
solche öffentliche Beweise der Reue und Erniedrigung.
Wer Rita sah, wie sie am Boden lag und weinte, der
hätte seinen Unwillen nicht in Vorwurf umgewandelt;
nein, er zog es vor, statt: die Schändliche — die Aermste
zu sagen. Das kommt daher, weil das rohe Volk nicht
weiß, was Philanthropie ist; aber wohl weiß es, was
christliche Liebe ist, denn diese lehrt ihm die Religion.

Fünftes Kapitel.

Perico führte ein schauderhaftes Leben. Hingerissen war er von der Noth und von dem Uebergewicht, welches der kräftige Diego über ihn erlangt hatte, hingerissen wie dieser durch ein Unglück auf den Pfad des Verbrechens. Da er diesen aber einmal eingeschlagen hatte, so verharrte er auf ihm ohne zu wanken, wie ein Krieger sich die eiserne Rüstung anlegt, ohne ihr Gewicht und ihre Härte zu fühlen. Perico folgte wie ein düsterer Schatten den Bösewichtern, während er sie doch verabscheute. Er glich dem Silberfisch aus einem stillen Süßwassersee, den eine unglückliche Strömung ins Meer geführt hat, in dessen bittern, unruhigen Wogen er den Todeskampf kämpft, ohne ihnen entfliehen zu können. Wenn manchmal vor seinen Augen ein Verbrechen begangen wurde, wünschte er in seiner Verzweiflung, sofort seinen Qualen ein Ende zu machen, indem er sich der Justiz auslieferte; aber die Schaam hielt ihn zurück und der Mangel an Thatkraft, um sie ertragen zu können. Die Uebrigen haßten ihn und nannten ihn den Traurigen; aber der mächtige Schutz Diego's stützte ihn.

Diego fühlte sich zu Perico, dem er das Leben gerettet hatte, der gut und ehrenwerth war, hingezogen; denn die rohe, harte Natur Diego's war kräftig und edel;

noch war er nicht so tief gesunken, daß er das Gute ge=
haßt hätte. Wir lieben romanhafte Uebertreibungen nicht,
machen also auch nicht aus einem Banditen oder aus
einem Seeräuber einen Heros, aber wir stehen auch dem
klassischen Puritanismus eben so fern, der aus einem
Räuber ein solches Ungeheuer macht, daß nicht ein mensch=
liches Atom übrigbleibt, und zu Ehren seines Moral=
systems und seiner mathematisch feststehenden Polizei, alles,
was ein solcher Räuber an tapfern und edelmüthigen
Thaten verübt, geradezu ableugnet. Trotzdem hat man
Tapferkeit und Edelmuth bei den Führern solcher Ban=
den angetroffen. Schon daß sie die Führer solcher Leute
werden, beweist ein unermeßliches Uebergewicht, indem sie
einen Vorrang sich erhalten, der sich auf nichts als auf
ihre eigene Kraft zu stützen vermag.

Als die Bande einmal auf ihren Kreuz= und Quer=
zügen in die öden Gegenden von Alocaz gelangt war,
kam athemlos einer der in Utrera befindlichen Spione
zu ihr und benachrichtigte sie, daß eine Abtheilung Berg=
soldaten nach jenen Gegenden abgegangen und dazu jeden=
falls durch die jüngst geplünderten Reisenden veranlaßt
worden wäre. Die Banditen eilten nach einem Oli=
vengarten; kaum waren sie in denselben eingedrungen,
wurden sie auch durch eine Abtheilung Kavallerie über=
rascht.

Nun begann ein mörderisches Gewehrfeuer, bei dem

diese Männer, welche für ihr Leben kämpften, die größte
Kühnheit bewiesen.

„Perico," sagte Diego, „jetzt oder nie ist die Gelegenheit vorhanden zu zeigen, daß Du dein Brot nicht
verzehrst, ohne es zu verdienen; hier gilt es Stärke gegen Stärke; auf sie los, wenn Du ein Mann bist!"

Wie Perico betäubt und einem Trunkenen gleich diese
Worte vernahm, stürzte er sich in den Kugelregen und
feuerte sein Gewehr auf die armen Truppen ab, die Alles,
selbst das Leben, zum Besten der Gesellschaft opfern, während diese in ihrer Selbstsucht sich ihnen vielleicht nicht
einmal dafür dankbar erweist, sondern sich ebenso gegen
sie benimmt, wie gegen die Beichtväter und Aerzte, die
sie, wenn es ihr wohlergeht, verspottet, und nur dann
ängstlich herbeiruft, wenn ihr Gefahr droht. Ein Bandit fiel, zwei Soldaten wurden verwundet und eine Kugel Perico's tödtete, ohne daß er es beabsichtigt hatte,
den Anführer der Soldaten. Dies rief eine solche Verwirrung hervor, daß die Räuber die Gelegenheit benutzen
und entfliehen konnten.

Sie zogen sich nach Utrera zurück, gingen über die
Güter von la Chaparra, von Jesus Maria und Bena-
gila, und gelangten bei Anbruch der Nacht erschöpft in
Valobrego an. Dies unweit Alcala gelegene Thal ist
von Hügeln und Olivengärten umgeben. Im ödesten
Theil desselben befinden sich am Ufer eines Baches die

Ruinen einer maurischen Burg, Namens Marchenilla.
Am Fuß dieser einsamen Ruinen sanken Pferde und Rei=
ter ermattet zu Boden. Sie löschten ihren Durst am
Bach, zündeten ein Feuer an und Alle überließen sich
dem Schlaf, nur Diego und Perico nicht. — „Ein
schlimmer Tag, Corso,” sagte Diego, während er sein
schönes Pferd streichelte, das den feinen Kopf senkte und
hob, als wollte es die Worte seines Herrn bestätigen
und sprechen: Was weiter, habe ich doch Euch gerettet!

„Du hast es bei mir nicht gut, mein Kind!” fuhr
der Räuber fort, der sein Pferd innig liebte, denn es
war das Einzige auf der Welt, dem er seine Liebe zu
Theil werden ließ.

Das Pferd schien ihn verstanden zu haben, wieherte
fröhlich, stellte sich auf die Hinterfüße, schaukelte sich auf
denselben hin und her und stellte sich dann an die Seite
seines Herrn, um sich, indem es seine Stirn ihm dar=
bot, von ihm streicheln zu lassen.

„Was wird aus Dir werden, wenn man mich ge=
fangen nimmt?” sagte der Räuber, und lehnte das
Haupt an den Hals seines Pferdes, welches unbeweg=
lich stehen blieb.

Diego ließ sich darauf am Feuer Perico gegenüber
nieder und sprach:

„Daß wir heut mit so geringem Verlust davon ge=

kommen sind, das haben wir in der That Dir zu danken."

„Mir?" fragte Perico überrascht.

„Ja," versetzte der Hauptmann, „denn die Soldaten waren von einem tapfern Krieger befehligt, der keinen Spaß verstand und das Land kannte; es war der Sohn der Gräfin von Villaoran, der uns was zu schaffen gemacht haben würde, wenn Du ihn nicht getödtet hättest."

„Gott sei mir gnädig!" rief Perico, sprang auf und richtete seine gefalteten Hände gen Himmel. „Was sagt Ihr da? Der Sohn der Gräfin war dabei und ich habe ihn getödtet?"

„Nun, was entsetzest Du dich denn so darüber?" versetzte Diego. „Glaubst Du etwa, daß wir auf Lumpen geschossen haben? Zum Geier," fuhr er ungeduldig fort, „Du machst mich noch böse. Deine Geberden und Deine Faxen sind die eines Winkelschauspielers. Wahrhaftig, der Sträfling hat Recht: Du hast Deinen Beruf verfehlt; anstatt ein liederliches Leben zu führen, hättest Du Mönch werden sollen. Wohlan, halte Wache!"

Darauf hüllte er sich in seinen Mantel, nahm die Büchse zwischen seine Kniee und legte das Haupt auf einen Stein.

Der Perico gewordene Auftrag, Wache zu halten, war unnöthig gewesen; wie hätte er schlafen können.

Er raufte sein Haar und fluchte sich selbst. Er hatte den Sohn der Herrin und Wohlthäterin seiner nächsten Verwandten, den Gespielen seiner Kindheit getödtet.

Sechstes Kapitel.

Wie stellten sich dem unglücklichen Perico in jener düstern Nacht die Erinnerungen an sein stilles, häusliches, jetzt ihm gänzlich verlorenes Glück dar! Und was trat an ihre Stelle? Seine gegenwärtige entsetzliche Lage.

Rings um ihn her rührte sich nichts; vor ihm lag die traurige Einförmigkeit der Nacht wie die seines Unglücks, ein Feuer, so glühend wie sein Gewissen, eine trostlose, undurchdringliche Dunkelheit, wie die seiner Zukunft.

„Allmächtiger Gott!" dachte er bei sich, „das sehe ich, dessen erinnere ich mich, das leide ich und dennoch sterbe ich nicht!"

Die rothe, flackernde Flamme des Feuers warf bisweilen einen lichten Schein auf die düstern, wunderlichen Formen der Ruinen und ließ sie dann wieder sich mit tiefster Finsterniß bedecken, als wollten sie gleich einer erloschenen Erinnerung sich in Vergessenheit versenken.

Sein aufgeregter Geist vernahm Seufzer, die aus der schweigsamen Nacht hervorzuklingen schienen, und er-

12*

blickte schreckliche Dinge in der Dunkelheit. Gejammer klagte ihn an, Finger erhoben sich drohend ihm entgegen, Augen betrachteten ihn ... doch nein, er hatte sich nicht getäuscht. Wie das helle Licht der vom Wind angefachten Flamme die umgebenden Gegenstände wieder einmal deutlich erkennen ließ, erblickte Perico durch einen der Trümmerhaufen, den die Zeit herabgestürzt hatte, ein Paar starre, schwarze Augen, die fest auf ihn gerichtet waren. Perico entsetzte sich, denn er wußte nicht, ob das, was er sah, Einbildung oder Wirklichkeit war, ob er sich durch das Zeichen des Kreuzes dem Schutz des Himmels empfehlen sollte, oder dem der Menschen, indem er das Lärmzeichen machte.

Darauf sah er, wie hinter den steinernen Ruinen eine menschliche Ruine hervortrat, hinter der Vernichtung durch die Zeit ein Wesen, vernichtet durch ein schändliches Leben: es war eine widerwärtige, alte, schmutzige Zigeunerin. Ihre abgezehrten Glieder bedeckte ein Rock von braunem Flanell, kaum von der Farbe der Ruinen zu unterscheiden; ihren Nacken bedeckte ein Tuch und ihre schlaff herabhängenden, grauen Haaren eine Mantilla von schwarzem Boy.

Perico stand regungslos da wie die Bildsäule der Betäubung, oder als hätte er das zauberhafte Antlitz der Medusa erblickt.

„Fürchtet Euch nicht," sagte die Erscheinung, als sie näher herantrat, „ich komme nicht in böser Absicht hier-her; Ihr könnt deshalb außer Sorgen sein. Ich wußte, daß Ihr hier waret, und habe das Gerücht verbreitet, daß Ihr auf dem Wege nach der Sierra von Ronda wäret, daß man Euch in der Gegend von Espera und Villa Martin gesehen habe."

„Und weshalb kommst Du?" rief Perico, der einen natürlichen Abscheu vor diesem Weibe empfand.

„Um Euch ein Unternehmen vorzuschlagen, durch welches Ihr Euch für immer ein glückliches Loos berei-ten könnt," versetzte sie.

„Das, was Ihr uns vorschlagen könnt, erweckt ein geringes Vertrauen," meinte Perico.

„Sehe ich denn so unheilverkündend aus?" fragte die Zigeunerin. „Und wie, wenn in einem schlechten Man-tel ein braver Zecher steckte? Ich bringe in meinen Hän-den einen Schatz und brauche sie bloß aufzumachen."

„Einen Schatz?" rief Perico, doch nicht aus Hab-gier, vielmehr gab ihm das Wort Anlaß, zu glauben, das alte Weib sei wahnsinnig. „Einen Schatz?" wie-derholte er, „wo befindet er sich?"

Die Alte fand in dieser Frage allein das, was sie finden wollte, Habsucht und Golddurst; sie trat näher an Perico heran, und als wenn sie fürchtete, daß der nächtliche Hauch ihre Worte von dannen führen könnte

und der Fluch sie in der Luft vernichten würde, flüsterte
sie ihm in's Ohr:

„In der Kirche."

Perico trat entsetzt einen Schritt zurück; dann sprang
er wie ein Tiger auf, ergriff die Zigeunerin und indem
er sie von dem Platz wegführte, vermochte er ihr nur
mit erstickter Stimme zuzurufen:

„Macht Euch fort!"

„Ich gehe nicht," sagte unerschrocken die Alte, „ich
will mit dem Hauptmann und mit dem Sträfling reden
und ich werde mit ihnen reden."

In der Angst, daß sie dies durchsetzen könnte, und
um sie zu zwingen, sich zu entfernen, ergriff Perico einen
Dolch und schwang ihn in der Luft, daß der Stahl im
Licht der Flamme erglänzte.

Die Zigeunerin schrie auf, die Räuber erwachten.

„Was ist los?" rief Diego. „Perico, willst Du ein
Weib tödten?"

„Nein, nein, ich will sie nicht tödten," entgegnete
Perico, „ich will sie bloß von hier entfernen."

„Und zwar deswegen," sagte die Alte, „weil ich trotz
aller Gefahren und Mühseligkeiten hierher gekommen
bin, um Euch das Mittel zu verschaffen, wodurch Ihr
Euch des mühseligen Lebens, das Ihr führt, entschlagen
und mit einem Mal reich werden könnt, ganz so wie
Rubio von Espera, dem ein bedeutender Raub so viel

einbrachte, daß er über's Meer ziehen und herrlich und in Freuden leben konnte."

Die Räuber umringten sie; der Sträfling bot ihr ein Stück Trümmer dar, auf welches sie sich wie auf einen Präsidentenstuhl niederließ.

„Hört sie nicht an! Hört sie nicht an!" rief Perico außer sich, „sie schlägt eine Kirchenschändung vor!"

„Sennor," sagte der Sträfling zu Diego, „befehlt diesem Pater, der an ein Sterbebett gehört, daß er schweigt und es nicht macht wie der Johannisregen, der den Wein verdirbt und kein Brot giebt. Hört man sich doch die Blinden auf der Straße an. Laßt das Weib reden und uns sehen, was sie bringt. Bei allen tausend Teufeln, diese traurige Nachteule muß schweigen."

Diego wußte nicht, was er thun sollte, allein er wandte sich zu der Alten. Da sah Perico allerdings ein, daß sein Widerspruch keinen Erfolg hatte, denn Diego folgte stets und ganz dem Einfall, den er gerade hatte. Voller Verzweiflung entfernte sich daher Perico und irrte wie ein Wahnsinniger in den Oelgärten umher.

Die Zigeunerin hatte vorher Alles weislich überlegt und ihre Maßregeln auf das Beste getroffen. Die gro=ßen, in das rosigste Licht gestellten Vortheile, die leicht zu besiegenden Schwierigkeiten, die wohlberechneten Sicherheitsmaßnahmen, was Alles sie des Breiteren aus=einandersetzte, thaten ihre Wirkung. Die Versuchung,

welche mit der einen Hand Blumen darbietet, während
sie mit der andern die Disteln verbirgt, überzeugte die
Einen und verlockte die Andern. Man traf alle erfor=
derlichen Vorbereitungen, verabredete Zeichen und Stun=
den, und bevor die Hähne, die getreuen Wächter des
Tages, diesen verkündeten, machte sich die Bande auf
den Weg nach dem einsamen Landgut von Cuervo und
die Alte schlüpfte wie eine kluge Giftschlange in ihre
Höhle auf dem Berge von Alcala, in den Schooß der
Erde, wo sie das Verbrechen beschlossen, zu dem sie in
der Nacht und unter Ruinen die Missethäter verleitet
hatte, ein Verbrechen, welches in dem Tempel Gottes
ausgeführt werden sollte.

Siebentes Kapitel.

Langsam schlichen die Stunden des folgenden Tages
für die müßigen Gäste von Cuervo dahin.

Alle Vorstellungen und Bitten Perico's, um Diego
von seinem kirchenschänderischen Unternehmen abzuhalten,
waren vergeblich gewesen. Diego war nicht der Mann
dazu, ein Vorhaben aufzugeben, und diesem unvernünf=
tigen Starrsinn, der sehr wohl erkannte, daß auf schlech=
tem Wege gewandelt ward, hatte er bereits seine Ehre
und seine Redlichkeit zum Opfer gebracht; jetzt sollte er
ihm auch noch Freiheit und Leben kosten. Noch mehr:

auf Anregung des Sträflings zwang Diego Perico, der sich von ihnen trennen wollte, sie bei dem scheußlichen Unternehmen zu begleiten, denn nach der Meinung des niederträchtigen Menschen war dies das einzige Mittel, dem vorzubeugen, daß der Heuchler sie verriethe.

Endlich kehrte die Erde der Sonne den Rücken und hüllte sich in ihren schwarzen Mantel.

Alle machten sich auf und gelangten um Mitternacht zu dem in Trümmern liegenden Schloß von Alcala. Diego pfiff dreimal. Da sah man die Zigeunerin mit einer trüben Laterne aus einem der offenen Kellergewölbe des Schlosses hervorkommen.

Sie stiegen hinab und folgten ihr.

Perico war ganz verwirrt, denn er wußte nur zu wohl, auf wie schlechtem Wege er sich befand; allein seine Genossen hatten ihn in ihre Mitte genommen und zogen ihn mit sich dahin, wohin sie von der Zigeunerin geführt wurden. Diese hatte die Räuber mit leiser Stimme begrüßt, redete mit ihnen in einem unverständlichen Jargon und öffnete mit einem Dietrich die Pforte zu einem kleinen Hofe, wo Schutt und Holz lag und auf den eine Hinterthür der Sakristei hinausging. Durch diese traten die Bösewichter ein, nicht ohne Furcht und nicht ohne vor dem Geräusch ihrer eigenen Tritte zu erbeben.

Welch' einen hocherhabenen, furchtbaren Anblick bietet ein einsames Gotteshaus mitten in der Nacht dar!

Beim Anschauen desselben werden selbst die reinsten, heiligsten Seelen von tiefen, entsetzlichen Gedanken ergriffen, und wo wäre der Unglaube, der das Herz des vor dem Eintritt Schaudernden zu ermuthigen vermöchte? Welche ungeheure, erschreckende Ausdehnung haben die düstern Schiffe, die, von steinernen Riesen getragen, sich in dem geheimnißvollen Dunkel eines sternenlosen Himmels verlieren. Dort in der Tiefe einer Todtenkapelle erregt das kalte Steinbild, welches auf einem Grabe schläft, Entsetzen, und obgleich sich die Umrisse des Bildes kaum erkennen lassen, so scheint ihm das Dunkel selbst Leben zu verleihen. Der Hochaltar, noch durchduftet von dem Weihrauch und umduftet von den Blumen, mit denen man ihn am Morgen schmückte und die durch die Finsterniß schwach hervorschimmern, der Altar, der allgemeine Mittelpunkt des Glaubens, der Thron der Liebe, die Zufluchtsstätte der Hoffnung, der unerschöpfliche Spender des süßesten Trostes, der Schirm des Schwachen — zu ihm richten sich Augen, Schritte und Herzen. Vor dem Tabernakel brennt die einsame Lampe, die Wächterin des Heiligthums; sie hat nur zu leuchten, denn das Licht ist die Erkenntniß Gottes; heilige, geheimnißvolle Lampe, liebliches, immerwährendes Opfer, dauernde Flamme, Du gleichst der ewigen Barmherzigkeit, Du brennst wie die Liebe, Du schweigst wie die Ehrerbietung, Du bist stillheiter wie die Hoffnung. Die

Reflexe dieses Lichts lassen hie und da etwas von dem Laub= und Schnitzwerk des Altarblattes hervortreten; es gewährt das phantastische Bild von Augen, die da in religiöser Schlaflosigkeit wach bleiben. Hier zieht nichts den Geist ab; die vollständige Unbeweglichkeit, das ununter= brochene Schweigen, sie scheinen anzudeuten, alles Leben habe aufgehört, aber es sei an dessen Stelle weder der Tod noch der Schlaf eingetreten, während die Stille von jenem die Erhabenheit, von diesem die Anmuth entlehnt.

So sah es in der Kirche von Alcala aus, als, be= leuchtet von der Laterne der widerwärtigen Zigeunerin, die Schurken eintraten; den unglücklichen Perico stießen sie gewaltsam mit sich fort.

„Laßt ihn los und schließt und verriegelt diese Thür,“ sagte Diego.

„Er wird schreien und uns verrathen,“ versetzten die Andern.

„Laßt ihn los, sage ich!“ entgegnete der Hauptmann. „Wer kann ihn hören? Was kann er beginnen?“

„Er kann schreien,“ bemerkte Leon, der mit Hülfe der Zigeunerin den Hochaltar des Silberschmucks be= raubte.

„Nun, paßt nur gut auf!“ erwiederte der Haupt= mann.

Zwei, die ohne Zweifel furchtsamer waren und nicht

Hand anlegen mochten an die heiligen Gegenstände, nä=
herten sich Perico.

Wie Alle, die ruhigen Temperamentes sind, konnte
er bei Gelegenheit äußerst heftig und ungestüm werden;
daher brach er mit einem Mal los:

„Herab mit den Hüten, Ihr Ketzer, Ihr seid in dem
Hause Gottes!"

„Legt ihm schnell einen Knebel vor den Mund!"
rief der Hauptmann wüthend.

Sofort banden sie ihm vor den Mund ein Tuch;
sein Sträuben dagegen war vergeblich.

Nun sah er, wie die Zigeunerin und Leon die Thür
des Tabernakels erbrachen; da machte er, trotzdem das
Tuch ihn fast erstickte, mit der Kraft der Verzweiflung
sich wieder frei, stürzte auf die Kniee und schrie:

„Kirchenschändung! Kirchenschändung!"

Dieses furchtbare Wort hallte in den Kapellen wie=
der, tönte vom Gewölbe herab wie der Donner aus den
Wolken und erweckte die großartige, wohltönende Orgel,
die das Schauder erregende De profundis und das
glorreiche Te Deum begleitet; es verlor sich wie ein
Schmerzensseufzer in den metallenen Pfeifen. — Da
ergriff die Elenden einen Augenblick lang bange Furcht;
selbst Diego erzitterte. Allein rasch kam er wieder zur
Besinnung, eilte wüthend auf Perico zu, stürzte ihn nie=
der auf's Pflaster, trat ihn mit Füßen, schalt ihn und

befahl den Andern, ihn sofort zu erdolchen, wenn er noch ein einziges Wort vorbrächte. Der Unglückliche ward am Boden von den Banditen mißhandelt und stammelte verwirrt:

„Erbarmen, Herr, Erbarmen!"

„Tödtet ihn, sowie er nur muckst," wiederholte Diego. „und laßt uns schnell zu Ende kommen; es wird drau= ßen heller und man könnte uns von hier fortgehen sehen."

In der That theilten sich die Wolken, ein Strahl des Mondes schien durch ein hohes Kirchenfenster herein und küßte den Fuß eines wunderthätigen Bildes der unbefleckten Empfängniß.

„Verwünschter Mond!" rief die Zigeunerin und fügte die abscheulichsten Flüche hinzu. Alle erschraken, als sie sich einander im Glanz dieser plötzlichen Helle ansahen, eilten mit der Plünderung und vollzogen den Kirchen= raub.

Endlich gingen sie hinaus, und als die Zigeunerin sie mit Schätzen beladen davonreiten gesehen hatte, verbarg sie sich wieder unter der Erde.

Noch vergoldete die Sonne nicht die Giralda, als die Räuber mit ihrer Beute in der Nähe von Sevilla anlangten. Sie ließen ihre Pferde in einem Olivengar= ten unter der Obhut des Sträflings und gingen ein Je= der zu einem andern Thore in die Stadt, in der sie an einem abgelegenen, von der Zigeunerin ihnen ange=

zeigten Ort zusammentrafen. Hier empfing sie ein im
Voraus bestellter Juwelier und wog und bezahlte die
Kleinodien. Wie aber die Räuber dahin zurückkehrten,
wo sie den Sträfling mit den Pferden gelassen hatten,
war nichts anzutreffen.

„Der Hund hat uns verrathen!" sagte der Eine.

„Weßhalb denn?" versetzte Diego, „hier ist sein An-
-theil, der weit mehr beträgt, als er für solchen Verrath
erhalten könnte."

„Er wird Leute gesehen und sich nach Cuervo ge-
flüchtet haben," meinte Perico.

Man machte sich auf den Weg nach dem Landgut,
mied die offenen Landstraßen und durchzog die Olivengärten.

Hier trafen sie ebensowenig auf den Sträfling.

„Mein armer Corso!" · sagte Diego, und einen
Augenblick blinkte eine Thräne, bitter wie der Saft der
Aloe, in seinen Augen. Doch sofort faßte er sich wieder. „Wir sind verrathen," rief er, „wohlan also, ret-
ten wir uns! Den Fluß hinab, nach dem Jagdgehege
des Königs, nach Ayamonte, nach Portugal. Ich werde
ihn schon eines Tages ausfindig machen und an diesem
Tage wird er lieber wünschen, nicht geboren zu sein."

Sie eilten weiter; da trat ihnen die Zigeunerin entgegen und verlangte ihren Antheil an dem Raube. Alle

wollten von ihr Auskunft über das Verschwinden des
Sträflings erhalten, allein sie wußte nichts darüber mit=
zutheilen und zeigte große Besorgniß.

„Ihr seid hier nicht sicher und müßt Euch so rasch
wie möglich aus dieser Gegend entfernen," sagte sie
ihnen. „Der ältere Sohn der Gräfin von Villaoran
hat geschworen, den Tod seines Bruders zu rächen; er
hat den General=Kapitän um Truppen gebeten und ver=
folgt Euch bereits. Ich fürchte, daß er bereits den
Sträfling ergriffen hat. Drum mache ich mich fort,
denn der Boden brennt mir unter den Füßen."

„Daß er Dich nur nicht verbrennt!" meinte Einer.

„Daß er Dich nicht verschlingt!" meinte ein Anderer.

Die Alte verschwand schweigend unter den Oliven=
bäumen gleich einer Viper, nachdem sie ihr Gift in der
durch sie gebissenen Wunde hinterlassen hat.

„Das Verbrechen im Gotteshause!" sagte der Erstere.

„Ein Heiligthum plündern!" fuhr der Andere fort.

„Wollt Ihr schweigen!" schrie Diego. „Wozu soll
solch Gerede? Was geschehen ist, ist geschehen. Vor=
wärts!"

Da vernahmen sie Hufschlag und Perico, den Diego
auf Wache gestellt hatte, kam herbeigelaufen, um anzu=
zeigen, daß der Sträfling mit den Pferden sich gleich
einfinden würde. Ein allgemeines Freudengeschrei empfing
den Sträfling. Derselbe erzählte, daß er die Truppen

erblickt, sich vor ihnen versteckt und, um zu seinen Ge=
fährten zu gelangen, große Umwege gemacht hätte.
„Aber jetzt," fügte er hinzu, „laßt uns keine Zeit ver=
lieren: wir sind verfolgt, Hauptmann; hier habt Ihr
Euren Corso wieder; ich habe ihn gut gepflegt, denn ich
weiß, daß Ihr es so haben wollt."

Diego streichelte voller Freude das edle Thier und
schwur bei sich, es nie mehr von sich lassen zu wollen.

Sie beeilten ihren Marsch. Wie sie aber in einen
Hohlweg gelangten, tönte plötzlich der furchtbare Ruf
ihnen entgegen, in ihrem Rücken und über ihren Häup=
tern:

„Ergebt Euch dem König!"

Eine Reiterabtheilung hielt sie umringt, zwei Pisto=
len zielten nach der Brust Diego's; ein Reiter ergriff
den Zügel seines Pferdes.

Diego sah ringsumher mit ungeheuchelter Ruhe,
denn er kannte die Vortrefflichkeit seines Pferdes, die er
demselben beigebracht hatte. Mit der Schnelligkeit des
Blitzes zog er seinen Dolch hervor, verwundete damit
die Hände, welche den Zügel ergriffen hatten, beugte sich
über den Nacken und schrie:

„He, Corso, rette Deinen Herrn!"

Das edle und kluge Thier hob sich krampfhaft
empor, allein es sank auf sein Hintertheil zusammen und

machte vergebliche Anstrengungen, sich aufzurichten; die Kniekehlen waren ihm durchschnitten worden.

Diego kannte die Hand sehr gut, die ihm diesen Streich gespielt hatte; in wahnsinniger Wuth sprang er auf den Boden, aber der Verräther war unter den Truppen verschwunden, die in dem Hohlwege zusammenströmten.

Diese ergriffen Diego, der keinen Widerstand leistete.

Als sie aus dem Engpaß herauskamen, sah Diego sich um und warf zum letzten Mal einen Blick auf sein Pferd, welches ihn starr mit seinen großen Augen verfolgte.

Nur einem solchen Charakter, wie der Diego's war, seiner wilden Energie, seiner Willenskraft war es gegeben, unter einer Ruhe, welche jeder Furcht trotzte, die Wuth zu verbergen, die seine Brust durchglühte, und den Schmerz, der sein Herz zerriß.

Die Räuber wurden von den Soldaten entwaffnet und ihnen die Arme auf dee Rücken gebunden.

Wie der Graf von Villaoran Alle versammelt sah, fragte er: „Wer ist derjenige, welcher meinen Bruder tödtete?"

Ein Blick Diego's gebot den Räubern Schweigen; denn war ihr Hauptmann gleich gefangen und gefesselt, noch hatte er ein Uebergewicht über sie.

„Wer war es?" fragte der Graf auf's Neue mit vom Zorn erstickter Stimme.

„Ich war es!" sagte Perico.

Der Graf betrachtete sich den Burschen, der mit gesenktem Kopf dastand und daher keine besondere Aufmerksamkeit auf sich gelenkt hatte; als der Graf ihn näher in's Auge faßte, drang ein Ruf des Erstaunens über seine Lippen.

„Du?" rief er, „Perico Alvareda? O Unrecht sonder Gleichen, Ruchlosigkeit, wie sie noch nie dagewesen! Arme Anna! Unglückliche Mutter, die Dich zur Welt brachte! Unglückliche Kinder! Unglückliche Rita! Denn Du magst erfahren, Bösewicht," fuhr der Graf in heftiger Erregung fort, „Dein Weib hat Alles darangesetzt, um Deine Begnadigung zu erwirken. Fortwährend lag sie den Gerichtshöfen und den Richtern zu Füßen. Ventura hat Dir, bevor er starb, verziehen. Pedro hat Dir verziehen. Mein unglücklicher Bruder war der unermüdliche, eifrige Beistand Deiner Verwandten. Er erwirkte beim König Deine Begnadigung. Alle haben sie emsig nach Dir gesucht, und er noch mehr wie die Andern. Er fand Dich! .. O, hätte er Dich nie gefunden!"

Diego bemerkte den unermeßlichen Schmerz, der sich mit der Kälte und Blässe des Todes auf dem verzerr-

ten Geſicht Perico's malte, er ſah ihn wanken und ſagte
daher zum Grafen:

„Sennor, ſehen Sie denn nicht, daß Sie ihn tödten?"

„Ich werde nicht dem Scharfrichter zuvorkommen,"
erwiederte der Graf und beſtieg ſein Roß. „Nach Se=
villa!"

„Muth!" flüſterte Diego dem ganz vernichteten Pe=
rico in's Ohr. „Sieh uns an, wir gehen insgeſammt
dem Tode entgegen und doch bleiben wir heiter."

Sie hielten unter den Verwünſchungen des durch
ihre letzten Verbrechen empörten Volks ihren Einzug in
Sevilla; aber noch größer wurde die Erbitterung, als
man den infamen Verräther, der ſie verkauft hatte, frei
unter ihnen einhergehen ſah. Es war der ſchändliche
Sträfling, der auf dieſe Weiſe ſeine Begnadigung und
den für die Feſtnehmung Diego's verheißenen Lohn em=
pfangen hatte. Bisher hatte dieſer berüchtigte Bandit
lange Zeit hindurch allen Bemühungen ſeiner Verfolger
geſpottet.

Dem Sträfling gelang es, dem öffentlichen Anblick
zu entfliehen und ſich vor den Beleidigungen, deren Ge=
genſtand er war, zu verbergen. Bei Einbruch der Nacht
klopfte er an die Thür einer berüchtigten Schänke in
der Vorſtadt von la Macarena, aber kaum hatte ihn der
Wirth erkannt, ſo ſagte er zu ihm:

„Thut mir die Liebe und geht dahin, woher Ihr gekommen seid."

„Was soll das heißen?" fragte der Sträfling. „Seit wann empfängt man seine Freunde auf diese Weise?"

„Es geschieht zu Deinem Besten," versetzte der Wirth, „denn wenn die Jungens Dich hier finden, dann möchte ich nicht in Deiner Haut stecken. Folge meinem Rath und mache Dich so rasch wie möglich auf und davon, ohne Dich umzusehen."

„Aber bedenken Sie doch, was Sie reden. Die sind ja noch weit schlechter wie ich und würden ihre Eltern um eine Peseta verkaufen."

„Ich behaupte nicht das Gegentheil; sie sind wo möglich noch schlechter, allein ich will keinen Spektakel in meinem Hause haben," entgegnete der Wirth. „Gehe geraden Weges nach Rom," fuhr er fort und schob den Sträfling zur Thür hinaus, die er mit den Worten schloß:

„Magdalene gebe Dir das Geleit, denn sie geleitet die Verliebten."

„Und die Reuigen," fügte eine Stimme hinzu, die aus dem Dunkel hervortönte, „und Du wirst es bereuen, Schurke!"

Am folgenden Morgen fand man an der Kirchhof=mauer die Leiche eines Mannes, dessen Herz ein Dolch=stoß getroffen hatte. Es war die des Verräthers.

Achtes Kapitel.

Damals hatte das Gefängniß von Sevilla eine schlechte Lage in einer engen Straße inmitten der Stadt. Das Gebäude hatte ein übles Aussehen, es war erbärmlich und räucherig; ihm fehlte die Strenge, die richterliche Autorität zu wahren, die Würde, mit der die Menschlichkeit dem Unglück, selbst wenn es ein verschuldetes ist, zu begegnen hat. Wenige Schritte von diesem Mittelpunkt roher Missethat und thierischer Entwürdigung ging die Straße auf den großen Platz von San Francisco hinaus. Es ist dies ein unregelmäßiger Platz; man erblickt aber auf ihm Gebäude, die ihn zu den bemerkenswerthesten der Hauptstadt Andalusiens machen. Zur Rechten zeigen sich die Curien der Domherren; die kostbare Architektur dieser Baulichkeiten gilt in den Augen der Einheimischen wie der Fremden für eine der Hauptzierden in dem Schmuck Sevilla's; trotzdem hat man in jenen Tagen, als die Vandalen der Aufklärung sich breit machten, mehr um zu zerstören als die Barbaren, die Absicht gehabt, dieselben niederzureißen. Zur Linken bildet das Gebäude der Audiencia einen vorspringenden Winkel; es ist ein regelmäßiges, ernstes Bauwerk des Tribunals, dem die Gerechtigkeit eine unumschränkte Gewalt anvertraut hat, und das gleich einem Stern der Gnade seine Uhr um zehn Minuten zu spät gehen läßt. Dies ist eine achtungswürdige Ungesetzlichkeit, denn diese zehn Minuten gewähren dem Verbrecher, welchem die gräß= liche Stunde der Hinrichtung bevorsteht, eine längere Lebensfrist. So tragen alle Gesetze und Gewohnheiten des alten Spaniens den Stempel der Liebe an sich. Zehn Minuten sind allerdings nichts für den, der ruhig auf dem Pfade des Lebens dahinschreitet, aber wie viel gelten sie nicht in den Augen dessen, der da sterben soll. Zehn Minuten auf der Schwelle des Todes können das Urtheil über die Ewigkeit entscheiden, zehn Minuten kön= nen eine unverhoffte, aber doch mögliche Begnadigung herbeiführen. Aber wenn auch nicht diese geistigen und weltlichen Erwägungen Platz griffen, wenn diese ehr= würdige Anordnung unserer Vorfahren nichts weiter als ein dem Hinzurichtenden gewährtes Almosen von zehn Minuten wäre, so würde doch eben dies Almosen dar= thun, daß jene katholischen Richter selbst ihre ernstesten Erkenntnisse mit dem Stempel der Liebe versahen. So sieht denn auch das Volk diese Einrichtung an, die es kennt und auf die es große Stücke hält. O Spanien! wie hast Du nach allen Richtungen hin der Welt als Muster gedient, während Dir jetzt das Ausland als Muster dienen muß!

An der einen Seite des Gerichtsgebäudes und mit ihm einen nach innen gehenden Winkel bildend, liegt

das Kloster von San Francisco, ein großes, regelmäßi=
ges Gebäude mit einer gewaltigen Kirche. Die übrigen
Seiten des Platzes bilden Bogenhallen, die wie alte,
steinerne Festons ihn schmücken, und am Ende, gerade
über den zuerst erwähnten Gebäuden, befindet sich ein
großer, marmorner Brunnen, dessen Wasser ebenso dau=
ernd und beständig ist wie der Stein, aus dem er er=
baut wurde.

An jenem Tage waren der Platz von San Francisco
und die zu ihm führenden Straßen mit einer ungewöhn=
lichen Menge von Leuten bedeckt. Wer hatte sie ver=
sammelt? Was wollten sie hier? Sie wollten einen Men=
schen sterben, nein, nicht sterben, sie wollten einen ihrer
Brüder hinrichten sehen. Sterben, sterben ist erhaben,
aber nicht schrecklich, wenn der Engel des Todes sanft
die bereits gebrochenen Augen des Geschöpfes schließt und
der Seele Flügel verleiht, um nach andern Regionen sich
aufzuschwingen. Aber sehen, wie Jemand in geistiger
Angst, im Todeskampf der Seele und unter qualvollen
Martern durch die Hand eines Menschen getödtet wird —
das entsetzt. Und sie eilen dahin, sie drücken und stoßen
sich, um bei der Hinrichtung so nahe wie möglich zuge=
gen sein zu können. Allein es ist nicht das Vergnügen,
nicht die Neugier, durch die diese angsterfüllte Menge
hierher gezogen wird, es ist vielmehr das beklagenswerthe
Verlangen nach Aufregung, welches das an Widersprü=

chen so reiche Herz des Menschen hegt, das sieht man
an jenen zugleich bleichen und schreckensstarren Gesichtern.

Ein dumpfes Murmeln geht durch die dichtgedrängte
Menge, in deren Mitte sich jenes große Gerippe erhob,
jener Pfeiler der Schande, jener Usurpator der dem Tod
gewordenen Mission, jener Grund und Boden des Ver=
lassenseins, den allein der Priester muthig betritt, das
furchtbare Blutgerüst, das man in der Nacht beim trü=
ben Schein der Laternen errichtet, da die Leute, welche
diese Arbeit thun, es scheuen, daß sie von der Sonne
Gottes und von ihres Gleichen erblickt werden. Die
Menge schaudert von Zeit zu Zeit zusammen, wenn sie
das traurige Geläut der Glocke von San Francisco ver=
nimmt, das einem Lebenden gilt, aber einem Lebenden,
der nur noch für Gott vorhanden ist, da ihn die Welt
aus dem Verzeichniß der Lebendigen gestrichen hat. Das
Geläut tönte so tieftraurig, als wenn diese Stimme der
Kirche nicht bloß Gott für das Heil einer Seele anfle=
hen, sondern auch an die Menschen eine ernste Mahnung
ergehen lassen wollte. So schien denn diese düstere, feier=
liche Stimmung, die man mit der Luft einathmete und
die die Brust beengte, sagen zu wollen: Sterbt, Schul=
dige, sterbt, indem Ihr ein Versöhnungsopfer darbringt
für die sündige und gleichfalls gesunkene Menschheit!

Nur der Brunnen ließ ungestört sein klares Wasser
strömen; sanft und einförmig rauschte es dahin; kannte

es ja so wenig wie die Kindheit und wie die Unschuld
die Schrecknisse der Erde. O Unschuld, die Du dem
Paradiese entstammst, die auch in unserer verderbten
Atmosphäre die Kinder und diejenigen bevorzugten We=
sen athmen, die, gleich dem Glauben, eine Binde vor
den Augen haben, um zu glauben ohne zu sehen, und
eine andere über das Herz, um zu sehen und nicht zu
begreifen, die da, wie die Liebe, das Herz in der Hand
halten und, wie die Hoffnung, die Augen fest nach dem
Himmel richten, die stets von Achtung, Liebe und Be=
wunderung umgeben wird, Genossen, die sie, als Toch=
ter des Himmels, wohl verdient.

Es giebt eine zwiefache Art der Liebe, die eine erleich=
tert irdisches Elend auf irdische Weise mit Geld, sie ist
schön und edelmüthig, aber sie ist leicht zu üben und eine
Verpflichtung, die die menschliche Gesellschaft auferlegt.
Die andere erleichtert in geistiger Weise die geistigen Be=
drängnisse, diese Liebe ist erhaben, ist göttlich.

Trotz alledem ist in der Welt, die so viele Gelegen=
heiten zum Tadel und so wenige zum Loben findet, die
Brüderschaft der Liebe wenig gefeiert. Und wer bildet
diese bewundernswürdige Verbindung? Sind es etwa
diejenigen, die so viel Papier und so viele Redensarten
zu Gunsten der Humanität verschwenden? Nein, keiner
von ihnen hält es für angemessen, Mitglied jener Ge=
nossenschaft zu werden, die zum großen Theil aus der

Ariſtokratie der Orte gebildet wird, wo ſie vorgefunden
werden. Und weßhalb? weil von der Theorie zur Pra=
ris, vom Wort zur That eine weite Strecke Weges iſt.

Bald nach den Begebenheiten, die wir im letzten
Kapitel erzählt haben, ſah man auf den Straßen von
Sevilla die angeſehenſten Herren der Stadt mit Büchſen
in der Hand; mit ernſter Stimme riefen ſie wieder=
holentlich:

„Für die Unglücklichen, die man hinrichten wird.“

Abgeſehen von dem Verdienſt, von der Redlichkeit
und von dem menſchlichen Gefühl dieſer Männer, abge=
ſehen, wenn es möglich wäre, von dem Nutzen dieſes
herrlichen Liebeswerks für den, der es verrichtet, und für
den, dem es erwieſen wird, wollen wir es an und für
ſich betrachten. Iſt es nicht ein großes, prächtiges Bei=
ſpiel, welches dem Volk gegeben wird? eine praktiſche Lehre,
die mehr werth iſt, als die vergifteten Wiſche, die es
aufreizen und ſeine ſchlechten Leidenſchaften zum Nutzen
Anderer entfeſſeln?*)

*) Es ſei uns geſtattet, eine neue, wahrhafte Thatſache anzu=
führen. Im Jahre 1847 wurde in Jerez wegen eines Mordes
Joſé Rojas hingerichtet. Die angeſehenſten Herren der Stadt
ſammelten für den Verbrecher, leiſteten ihm in der Kapelle Bei=
ſtand, geleiteten ihn zum Galgen und legten ihn in den Sarg.
Die geſammelten Almoſen betrugen ſechstauſend Realen. Ueber
dieſe verfügte der Verbrecher, indem er einen bedeutenden Theil

In der Kapelle des Gefängnisses befanden sich Diego und seine Genossen, unausgesetzt von Brüdern, die einander ablösten, besucht.

Diese verließen ihre Häuser, ihre Bequemlichkeiten und Geschäfte, um theilzunehmen an dem verlängerten Todeskampf, um die letzten Augenblicke dieser Unglücklichen zu erleichtern, sie zu bedienen, wie die Könige nicht bedient werden, und Balsam in die Wunden zu gießen, welche das Schwert der Gerechtigkeit ihnen geschlagen hatte.

Der Graf von Cantillana und der Markis von Grennina, beides die eifrigsten Mitglieder jener heiligen Brüderschaft, waren vor die Gerichtstribüne getreten, die im Gefängniß errichtet bleibt, bis die Verbrecher auf dem Blutgerüst hingerichtet werden, um sich die Leichen dieser Unglücklichen zu erbitten. Folgendes ist die Formel für diese herrliche und ergreifende katholische Einrichtung:

„Wir kommen im Namen José's und Nikodemus, um uns die Erlaubniß zu erbitten, die Leiche vom Blutgerüst herabnehmen zu können."

Der Richter giebt seine Einwilligung und sie entfernen sich. *)

---

der Summe der Wittwe des Ermordeten überließ. Erhabene katholische Liebe, nie genug gewürdigt, gepriesen und bewundert!

*) Wir haben diejenigen, die man heute „vorurtheilsfreie"

Jeder Verbrecher hatte einen Beichtiger zur Seite, jenen heiligen Stab, der den Schritten nach dem Blutgerüst Festigkeit verleiht.

Als Perico seine Beichte geendet hatte, sagte er zu dem ehrwürdigen Mönch, der ihm Beistand leistete:

„Man kennt mich nur unter dem Namen Perico, der Traurige; da jedoch zwischen Himmel und Erde nichts verborgen bleibt, so wird meine Familie früher oder später mein Schicksal erfahren. Pater, erweisen Sie mir die Liebe und erfüllen Sie meinen letzten Wunsch. Ueberbringen Sie meiner Mutter die Nachricht. Sagen Sie ihr, daß ich reuig und zerknirscht, und nicht als der Verbrecher sterbe, als der ich erscheine. Das Böse ist ein steiler Abhang, den man unter der Last der ersten Schuld hinabstürzt, und diese Schuld, die mich so schwer bedrückt hat und noch bedrückt, ich habe sie begangen, weil ich ein Luftgebilde, das die Menschen Ehre nennen, und das man zuweilen mit Blut erkauft, den Lehren des Evangeliums vorzog, die das Leiden zur Tugend erheben und

---

Leute nennt, weil sie die Dürre ihres Herzens, ihre Glaubensarmuth und die Verachtung alles dessen, was unsere Vorfahren thaten und dachten, zur Schau tragen, wir haben sie sagen hören, daß diese feierliche Scene, bei der sie zugegen waren, auf sie einen so tiefergreifenden Eindruck machte, daß sie desselben nie mehr los und ledig werden konnten.

aus der Verzeihung eine Vorschrift machen. O Pater, wie anders erscheinen die Angelegenheiten des Lebens auf der Schwelle des Todes! Sagen Sie meiner armen Schwester, deren Bräutigam ich ermordete, daß ich sie einem unsterblichen Bräutigam übergebe, der sie nie täuschen wird; dem Oheim Pedro, daß ich weiß, er habe mir ebenso wie sein Sohn verziehen, und daß ich für diesen Trost auf Erden Gott meinen Dank darbringe; der Rita, daß ich in Liebe zu ihr lebe und sterbe, und daß ich, wäre ich am Leben geblieben, sie nie an das Vergangene erinnert haben würde, wofern sie selbst nur bereut hätte; meiner Schwiegermutter, die so gut ist, daß sie mich Gott empfehlen möge. Mögen endlich meine armen Kinder, meine Waisen, womöglich nie das Schicksal ihres Vaters erfahren; sagen Sie ihnen, daß ich sie segne."

Lautes Schluchzen unterbrach jetzt die Ergießungen seines zerrissenen Herzens.

Der Pater, der diese Worte vernahm, hielt sich überzeugt, daß das Herz dieses Menschen unschuldig war; war er ja in der Verzweiflung und in blinder Leidenschaft zu einem Verbrechen hingerissen worden; als Gatte, als Bruder war er wie betäubt gewesen; dann war er durch die Umstände gezwungen, durch die Noth und ob seines Mangels an Thatkraft in ein verbrecherisches Leben gerathen. Dies Alles erwog der Pater und erlitt alle die Qualen wie jener, der ein Schiff zu seinen Füßen scheitern sieht, ohne Mittel und Wege zu haben, es zu erretten.

Rita gab sich fortwährend alle erdenkliche Mühe, um den Aufenthaltsort ihres Gatten zu entdecken, dessen Begnadigung sie beim König mit dem Beistand gutherziger Menschen erlangt hatte. So kam sie denn gerade an jenem Tage mit ihrer Mutter nach Sevilla.

Wie sie über den Platz von San Francisco gehen wollten, sahen sie eine dichte Menge auf demselben zusammengedrängt. Sie fragten nach der Ursache, und man zeigte ihnen das Blutgerüst. Da wollten sie entfliehen, aber bereits hatten sich auch hinter ihnen Leute angesammelt, sie konnten nicht zurück. Der Verbrecher näherte sich, ein allgemeiner Ruf des Bedauerns erscholl. „Wie jung er ist!" hieß es; „wie sieht er so ergeben und so demüthig aus! Der Aermste! Das ist der, der Perico, der Traurige heißt; man sagt, seine Frau, ein niederträchtiges Weib, habe ihn zu Grunde gerichtet."

Heftig pochte das Herz der Rita. Der Verbrecher kam vorüber; sie sah ihn; sie hatte ihn erkannt! Ein Schrei, wie er noch nie die Luft durchschnitt, erklang auf dem Platz.

Perico hielt an. „Pater," sagte er, „das ist sie, das ist Rita."

„Mein Sohn," versetzte dieser, „jetzt denke nur an

Gott, vor dem Du zerknirſcht, ausgeſöhnt, ſelig erſchei=
nen mußt, indem Du ihm Deine Abbüßung überbringſt.“

„Pater, ich möchte ſie zum Mindeſten ſehen, bevor
ich ſterbe.“

„Sohn, denke an die bittere Strafe, an die ruhm=
würdige Erleuchtung, die Du von den Menſchen, von der
Hand Deines Geſchicks erleideſt.“

Perico wollte ſich umwenden.

„Vorwärts!“ gebot der Unteroffizier.

Er beſtieg das Blutgerüſt, er ſtürzte nieder vor ſei=
nem geiſtlichen Vater, der ihn mit ruhigem Antlitz und
zerriſſenem Herzen ſegnete, küßte begierig und inbrünſtig
das Crucifix, jenes andere Blutgerüſt, an welchem der
Gottmenſch fremde Schuld ſühnte, wandte die Augen
dahin, woher der ſein Herz verwundende Ton gekommen
war, ließ ſich auf dem Bänkchen nieder. Man legte ihm
die Würgſchraube um den Hals, der Henker befand ſich
hinter ihm, der Prieſter intonirte das Credo, der Henker
drehte die Schraube, ein einſtimmiger Ruf erſcholl auf
dem Platze: „Ave Allerreinſte Maria!“ Mit dieſem Ruf
zur Mutter Gottes verabſchiedet ſich die Menſchheit von
dem Verurtheilten, den die Hand des Henkers von ihr
trennt.

Der Henker bedeckte das Geſicht des Hingerichteten
mit einem ſchwarzen Tuch.

Ein tiefes Schweigen herrſchte auf dem Platze, über

welches der Tod seine schwarzen Flügel, wie der Henker jenes Tuch gebreitet hatte.

Rita, die plötzlich krank geworden war, wurde von einigen mitleidigen Leuten nach einem Wirthshause gebracht. Ihr Zustand war fürchterlich; die Krämpfe, in die sie verfallen war, gewährten ihr nur auf Augenblicke das Bewußtsein, und dann zeigte sie eine so furchtbare Verzweiflung, daß man sie wie eine Wahnsinnige behandeln mußte. Viele Tage war es nicht möglich, sie nach Hause zu schaffen. Endlich brachten ihre Verwandten einen Wagen, um sie fortzubringen. Man legte sie in demselben auf eine Matratze; aber alle schämten sie sich, sie zu begleiten. Nur Maria blieb bei ihr und hielt in ihrem Schooß das Haupt, dessen langes schwarzes Haar Rita ganz bedeckte, als wollte es sie vor neugierigen und unbescheidenen Blicken beschirmen.

„Dort fährt sie," sagten die Vorübergehenden; „es ist das Weib des Hingerichteten, die durch ihren Leichtsinn den Mann auf das Blutgerüst brachte." Und die Ochsen beeilten nicht ihren langsamen Schritt, als wenn auch ihnen die Aufgabe geworden wäre, diejenige zu züchtigen, die diese Züchtigung mit so großer Frechheit herbeigeführt hatte.

Maria fuhr wie eine ergebene Märtyrerin dahin. Ihre sanfte Brust war einer solchen Ausdehnbarkeit fähig, daß sie, ohne zu zerspringen, ein so unermeßliches Leid in sich aufnehmen konnte. Von Zeit zu Zeit schauderte Rita zusammen, seufzte auf, und preßte krampfhaft die Kniee ihrer Mutter. Diese sagte nichts, denn sie fand für einen solchen Schmerz keine Worte des Trostes.

Am Abend gelangten sie in ihr Dorf. Der Wagen hielt an der Thür ihres Hauses, Rita wurde herunter= gehoben. In dem Hause ihrer Schwiegermutter sah sie die Fenster weit geöffnet. Aus den Fenstern strömte ein ungewöhnliches Licht. Rita riß sich aus den Armen, die sie stützten los, und eilte zum Gitter.

In der Mitte des Zimmers, das sie in glücklicheren Zeiten bewohnt hatte, stand ein Sarg. Vier Kerzen warfen ihr ernstes, feierliches Licht auf die ruhige Leiche der El= vira. Sie war so weiß wie ihr Todtenkleid, ihre Hände waren gefaltet und in ihrem rechten Arm lag eine Palme, das heilige Symbol der Jungfräulichkeit.

So einfach und wie betend liegt das katholische Mäd= chen auf dem Lande im Sarge. Widersinniger Weise ist es neuerdings üblich geworden, die Todte so zu schmücken, daß man darüber außer sich werden möchte. Was kann man damit beabsichtigen, wenn man die Leiche ihrer er= habenen Majestät beraubt, ihre ergreifende Bläße bemalt, die Hände von einander trennt, die sonst heilig mit ein= ander vereint waren, um die göttliche Barmherzigkeit anzuflehen, wenn man die kalten, starren Glieder mit

Feſtkleidern bedeckt und in die kalten, ſtarren Hände einen Blumenſtrauß, das Symbol der Heiterkeit und des Froh= ſinns, ſteckt? Iſt denn der Tod etwas ſo Heiteres und Leichthinzunehmendes, daß man einem Gebet für die Seele einen Schmuck des Körpers vorzieht, an dem be= reits die Würmer nagen?

An der Vorderſeite dieſes verlaſſenen Zimmers ſah man noch die dürren Sträucher, die die Krippe gebil= det hatten.

Am Ende des Zimmers ſaß Anna wie eine zweite Leiche, bleich und unbeweglich.

An ihrer Seite befanden ſich Pedro und der Mönch, der Perico auf das Blutgerüſt begleitet hatte.

Nachwort.

Jahre waren nach den erzählten Begebenheiten ver= gangen, da hielt ſich eine Zeitlang der Markis von *** auf einem der Landgüter von Dos=Hermanas auf.

Eines Abends kam er von dem Landgut eines ſeiner Verwandten zurück und bemerkte, wie er bei einem Oli= vengarten vorüberging, daß der Wächter und der Ver= walter, die ihn begleiteten, die Hüte abnahmen. Er ſah sich um und fand an einem Oelbaum ein rothes Kreuz angenagelt.

„Hat in dieser friedlichen Gegend ein Mord stattge=funden?" fragte er.

„Ja, Sennor," versetzte der Wächter; „hier wurde der stattlichste und prächtigste Bursche, wie ihn je Dos=Her=manas gesehen, umgebracht."

„Und der Mörder," fügte der Verwalter hinzu, „war der ehrenwertheste, trefflichste Bursche am Orte."

„Nun, wie kam denn das?" fragte der Markis.

„Sennor," versetzte der Wächter, „der Wein und die Weiber, die sind schuld an allem Unglück!"

Sie erzählten nun auf dem Wege die Ereignisse, die wir berichtet haben, mit allen näheren Umständen.

„Und sind noch einige von der Familie im Dorfe vorhanden?" fragte der Markis, dessen Theilnahme im vollsten Maße rege geworden war.

„Nein, Sennor," versetzten sie. „Der Oheim Pedro starb noch im selben Jahre. Das Weib des Perico wollte sich umbringen, allein der Mönch, der ihrem Manne Bei=stand geleistet hatte, überzeugte sie, daß sie sich für ihre Kin=der erhalten müßte, so wollten es Gott und ihr Mann. Allein sie hätte eine eherne Stirn haben müssen, hätte sie länger an einem Orte bleiben wollen, wo alle ihren Mann gekannt und geliebt hatten. Sie ging daher mit ihrer Mutter zu Verwandten in's Gebirge. Einer, der neulich von dort kam und sie gesehen hatte, erzählte, daß sie sich nicht mehr ähnlich wäre. Die Thränen hätten Furchen in ihr Antlitz gegraben, sie wäre magerer wie die Sense des Todes und ihre Gesundheit angegriffen."

„Und die Mutter?" fragte der Markis.

„Die arme Tante Anna ist gerade vorgestern gestorben. Die Unglückliche glich einem Schatten und war zusammengekrümmt, als suchte sie ihr Grab, damit es ihr als Ruhestätte diene."

Währenddem waren sie in's Dorf gekommen und wie sie bei einem großen, düstern Hause vorübergingen, sagte der Verwalter:

„Das ist sein Haus."

Der Markis stand still und trat dann hinein.

Eine alte Frau, eine Verwandte der Verstorbenen, bewohnt allein dieses traurige, leere Haus, welches im bleichen Licht des Mondes wie ein Leichentuch erschien.

„Wie zerstört sehen diese Beete aus!" sagte der Markis.

„So war es nicht," versetzte die Alte, „als das arme Mädchen für sie Sorge trug, die die Augen an dem Tage schloß, an welchem sie die Hinrichtung ihres Bruders erfuhr, um nie wieder sie zu öffnen und die Schreckisse der Erde zu erblicken. Sie sah darauf, daß diese Beete voller Blumen waren, und sie sorgte für dieselben mehr wie eine Mutter für ihre Töchter."

„O," rief der Markis, „wie Schade! dieser herrliche Orangenbaum ist verdorrt!"

„Ja, er war älter wie die Welt, Sennor," sagte die Alte, „und Alle wandten sie ihm ihre Liebe und Sorgfalt zu. Wie die arme Anna ihre Kinder verlor, kümmerte weder sie noch sonst Jemand sich um ihn, und da ist er denn verdorrt."

„Und dieser Hund?" fragte der Markis, da er einen alten, blinden Hund in einem Winkel erblickte.

„Der arme Melampo! Seit ihm der Herr fehlt, ist er traurig und blind geworden. Anna hat ihn mir, bevor sie starb, anempfohlen; es war fast das Einzige, was die Arme sprach; aber es wird umsonst sein, für ihn zu sorgen, denn wie sie die Leiche forttrugen, fing er an zu heulen und seitdem hat er nicht mehr fressen wollen."

Der Markis näherte sich ihm.

Der Hund war todt.